Les Éditions du Boréal
4447, rue Saint-Denis
Montréal (Québec) H2J 2L2
www.editionsboreal.qc.ca

L'Homme à la dent d'or

La série « Les Carcajous » est la version française de la série d'origine canadienne-anglaise « The Screech Owls » mettant en vedette une équipe ontarienne de hockey pee-wee. Les noms des personnages et de l'équipe ont été modifiés pour mieux refléter la réalité francophone.

Roy MacGregor

L'Homme à la dent d'or

*Traduit de l'anglais
par Marie-Josée Brière*

Les Carcajous V

Boréal

Les Éditions du Boréal remercient le Conseil des Arts du Canada
ainsi que le ministère du Patrimoine canadien et la SODEC
pour leur soutien financier.

Illustrations : Jean-Paul Eid

Dépôt légal : 1er trimestre 2000
Bibliothèque nationale du Québec

Diffusion au Canada : Dimedia
Distribution et diffusion en Europe : Les Éditions du Seuil

Données de catalogage avant publication (Canada)

    MacGregor, Roy, 1948-

    [Kidnapped in Sweden. Français]

    L'Homme à la dent d'or

    (Les Carcajous ; 5)
    Traduction de : Kidnapped in Sweden.
    Pour les jeunes de 10 à 12 ans.

    ISBN 2-7646-0027-5

    I. Brière, Marie-Josée. II. Titre. III. Titre : Kidnapped in Sweden. Français. IV. Collection : MacGregor, Roy, 1948- . Carcajous ; 5.

PS8575.G84K5214   2000   jC813'.54   C00-940144-
PS9575.G84K5214   2000
PZ23.M32HO   2000

À Oscar et Jacob Leander-Olssen,
grands fanatiques du hockey,
et à leur père, Hans-Inge, qui m'a
si généreusement prêté son concours.

Et à Daniel Alfredsson, vedette de la LNH,
qui m'a aidé avec la traduction des termes suédois.

Remerciements

L'auteur est reconnaissant à Doug Gibson, qui a conçu cette série, et à Alex Schultz, qui l'a fait exister.

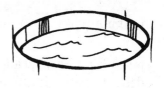

CHAPITRE 1

— CARACAJAS! CARACAJOUS!
En entendant cette exclamation ridicule, Stéphane Tremblay ferma les yeux et secoua la tête. Jean-Yves Simard, le robuste défenseur des Carcajous, venait d'inventer un nouveau cri de ralliement…

— CARACAJAS! CARACAJOUS!
Ce n'était certainement pas la première fois que Sim faisait autant de bruit. Il avait hurlé bien plus fort quand sa motoneige était passée à travers la glace, dans le Grand Nord, et il avait lancé un cri nettement plus strident le jour où il était allé se baigner tout nu avec une tortue géante au camp d'été! La grande différence, c'est que, ce jour-là, il criait de joie plutôt que de terreur.

Sim, une fois de plus flambant nu au milieu d'un lac, s'amusait comme un petit fou.

— CARACAJAS! CARACAJOUS!
Ce jour-là, le lac était gelé dur, et Sim faisait exprès pour que tout le monde le voie. Il était même

tout à fait normal qu'il n'ait absolument rien sur le dos… Et cette fois-ci, il n'avait pas à craindre de se noyer ou de se faire attaquer par une tortue !

« Est-ce qu'il y a des tortues géantes en Suède ? » se demanda Stéphane.

Il frissonna. Il était complètement nu, lui aussi, par une journée tellement froide qu'il n'arrivait même pas à respirer par le nez. S'il y en avait, se dit-il, elles n'étaient sûrement pas très redoutables par un temps pareil ; elles avaient sans aucun doute les mâchoires complètement gelées, et le reste du corps aussi !

Stéphane se demandait comment on pouvait passer si vite d'une chaleur insupportable à un froid tout aussi insupportable. Quelques minutes auparavant, il transpirait à grosses gouttes dans un sauna. La sueur lui dégoulinait sur le visage, à tel point qu'on aurait dit que Lars Johanssen, l'agile petit défenseur des Carcajous, lui avait lancé son seau d'eau sur la tête plutôt que d'en asperger les pierres chauffées à blanc. Dans un chuintement de vapeur, la température avait grimpé tellement vite que Stéphane avait eu du mal à respirer.

Et voilà qu'il était dehors, aussi maigre et nu que les bouleaux qui poussaient au bord de ce lac scandinave. Il avait encore du mal à respirer, les narines complètement bouchées par le froid. Il respirait par la bouche, et son haleine formait une buée aussi épaisse que les gaz d'échappement dégagés par l'auto de son père quand ils partaient pour l'entraînement au petit matin, là-bas au Canada.

Stéphane regarda autour de lui. À l'exception de Sim et de Lars Johanssen, la plupart des Carcajous — Laurent Lamarre, alias « Kling », Michel Godin, Normand Saint-Onge, Paul Sheshamush, Dimitri Yakushev, Gratien Vachon, Claude Blackburn, Aimé-Césaire Louverture, Germain Lacouture, Jean-Louis Perron et Nam Nguyen, le nouvel ailier du troisième trio — étaient encore tous agglutinés à côté du sauna, les mains agrippées à leurs épaules nues comme des couvertures trop petites.

Les Carcajous avaient l'air ridicules, à essayer de s'abriter ainsi du vent derrière le bâtiment. La vapeur montait en colonne au-dessus de leurs têtes et de leurs épaules, ce qui rappela à Stéphane l'attelage de chevaux qui avait tiré les Carcajous au cours d'une randonnée en traîneau à l'érablière des grands-parents d'Anou Martin.

Anou, qui était là avec eux. Enfin, pas exactement là ; pas à ce moment, avec cet imbécile de Sim tout nu au milieu du lac. Mais elle était là, à Stockholm.

Elle devait retrouver son équipe habituelle après le tournoi, mais ses parents avaient pensé que le voyage serait pour elle une excellente occasion de se familiariser avec la patinoire olympique, où elle espérait jouer un jour avec l'équipe féminine canadienne.

Anou et les autres filles de l'équipe — Mélanie Morin, Chantal Larochelle et Anne-Marie Loiselle —

étaient parties avec les membres de l'équipe féminine de Stockholm. Qui sait? Elles étaient peut-être en train de subir elles aussi l'étrange rituel du sauna.

— Normalement, avait dit Anou pendant le trajet en autocar depuis leur hôtel près du Globen Arena, les garçons et les filles iraient au sauna ensemble.

— Tout nus??? avait demandé Sim, les yeux grands comme des soucoupes.

— Bien sûr, tout nus! avait répondu Anou en riant. Tu t'imagines peut-être qu'ils prennent un sauna avec tout leur équipement de hockey?

— Non, mais…

— Allez, relaxe, Sim! T'es bien gêné, dis donc!

« En tout cas, on pourrait difficilement le trouver gêné en ce moment », pensa Stéphane. Débile, peut-être. Ou complètement fou. Mais gêné? Sûrement pas!

Sim se tenait à bonne distance du rivage, petit hamster rose dans une mer de blancheur. Il se couvrait d'une main et de l'autre faisait de grands signes aux automobilistes qui passaient de l'autre côté de la baie. Heureusement, se dit Stéphane, qu'ils étaient trop loin pour pouvoir le voir!

Lars, qui avait déjà vécu en Suède, avait été le premier à se détacher du petit groupe de ses coéquipiers, à s'élancer pieds nus sur le lac gelé et à plonger dans l'eau noire dégagée par un grand trou dans la glace.

Sim, évidemment, l'avait suivi aussitôt. On voyait son derrière fumant se dandiner pendant qu'il courait sur la glace, tout en continuant d'agiter la main en direction des voitures.

— C'est une échappée! s'écria Jean-Louis.

— Allez, Sim! Vas-y! ajoutèrent les autres en chœur.

Sim courut vers l'eau claire, où Lars s'ébrouait déjà. Il lança de nouveau son fameux cri avant de plonger dans l'eau glacée, tel un béluga rose, en projetant une énorme éclaboussure.

— CARACAJAS! CARACAJOUS!

CHAPITRE 2

Stéphane se sentait incroyablement vivant. C'était d'ailleurs plutôt bizarre parce que, à peine quelques instants auparavant, il s'était bel et bien cru mort.

Depuis le sauna et le plongeon dans l'eau glacée du lac, on aurait dit que tous les pores de sa peau avaient été récurés à fond. Il se sentait plein d'énergie, débordant d'une vie nouvelle. Exactement comme Lars le lui avait prédit. Il avait l'impression d'avoir une nouvelle peau, tellement fraîche et tellement souple qu'il ne pouvait tout simplement plus être le même Stéphane Tremblay.

D'ailleurs, en un sens, il n'était plus le même. Le Stéphane Tremblay qui avait atterri la veille à l'aéroport international de Stockholm en était venu à douter de son propre courage, surtout au hockey. Il s'était toujours posé des questions à ce sujet-là; après tout, il dormait encore avec une veilleuse à la maison. Et un mois auparavant, pendant un match de la ligue, il s'était jeté sur la glace pour bloquer un tir décoché de la pointe par un joueur au gabarit impressionnant. Mais celui-ci avait tellement tardé à tirer que c'est le visage de Stéphane, plutôt que ses jambières, qui avait intercepté la rondelle en route vers le filet. Le coup avait été tellement fort que la grille de son casque s'était détachée. L'une des vis brisées lui avait coupé l'arcade sourcilière juste au-dessus de l'œil, ce qui avait nécessité deux points de suture.

Et maintenant, il avait peur. Il hésitait chaque fois que quelqu'un tirait avec force dans sa direction. Il avait peur de se laisser tomber sur la patinoire pour arrêter la rondelle. Personne — sauf peut-être Max Bouchard, l'entraîneur des Carcajous — ne se doutait de rien, mais Stéphane savait qu'il y avait quelque chose de changé. Et il était secrètement enchanté d'avoir réussi à courir tout nu sur la glace et à se lancer à son tour dans l'eau glacée. Au moins, il n'était pas tout à fait une poule mouillée…

Le voyage en cours était peut-être justement ce qu'il lui fallait pour guérir. Jusque-là, tout se passait à merveille.

C'est M. Johanssen qui avait soumis l'idée à l'équipe. La Suède était l'hôte du premier Tournoi international pee-wee de la bonne entente, qui devait comprendre des matches à Stockholm, Göteborg et Malmö. La compagnie forestière pour laquelle travaillait M. Johanssen était l'un des principaux commanditaires du tournoi, et on lui avait laissé entendre qu'une équipe nord-américaine pourrait donner à la rencontre une saveur vraiment internationale. Un peu comme une mini-Coupe du monde!

La compagnie de M. Johanssen avait accepté de commanditer les Carcajous, et son siège social à Stockholm avait réussi à conclure une entente spéciale avec la ligne aérienne SAS. Avant d'avoir eu le temps de prendre pleinement conscience de ce qui leur arrivait, les Carcajous et la plupart de leurs parents s'étaient retrouvés en train de faire leurs bagages. Ils devaient prendre l'avion à destination de Copenhague et prendre une correspondance pour Stockholm.

Même Max était du voyage. Les parents lui avaient proposé un marché: s'il pouvait s'arranger pour obtenir un congé, ils lui paieraient l'avion et la chambre d'hôtel. C'était une offre qu'il n'avait pas pu refuser — même si Stéphane, Sim et d'autres joueurs qui faisaient partie de l'équipe depuis longtemps avaient eu l'impression qu'il en avait envie. Il ne cessait pas de marmonner que ses vieux copains ne manqueraient sûrement pas de se moquer de lui s'ils apprenaient qu'il était allé dans le pays dont le style de hockey était le plus détestable aux yeux de Don Cherry!

Mais tout le monde savait bien qu'il protestait uniquement pour la forme. M. Tremblay lui réserva un billet, et Max fut bien obligé de suivre l'équipe.

Une équipe d'ailleurs ravie, puisque les Carcajous n'avaient absolument pas l'intention de jouer où que ce soit, ni même de s'entraîner, si Max n'y était pas.

Le tournoi devait réunir des équipes d'Helsinki et de Turku, en Finlande, ainsi que d'Oslo, en Norvège. Une équipe allemande était aussi inscrite, une autre de la République tchèque et, à la dernière minute, une équipe russe s'était même ajoutée au programme.

Et pas n'importe quelle équipe russe! C'était le CSKA, l'équipe moscovite qui avait produit d'aussi grandes vedettes que Pavel Bure, Alexander Mogilny et Sergei Fedorov. De plus, le cousin germain de Dimitri Yakushev, Slava Chadrine, en faisait partie. Dimitri affirmait — ce que confirma d'ailleurs M. Johanssen après vérification — que son cousin Slava était considéré comme le meilleur joueur de hockey pee-wee de toute la Russie. Ou, comme le disait Dimitri qui ne se vantait pourtant jamais — ou presque… —, « le meilleur joueur de hockey pee-wee russe de tous les temps ».

— Sûrement pas! avait dit Stéphane, fervent admirateur de Pavel Bure.

— C'est pourtant ce que dit mon oncle, avait rétorqué Dimitri. Il est bien placé pour le savoir!

L'oncle de Dimitri était Alexander Yakushev, l'un des marqueurs les plus prolifiques de la série du siècle qui avait opposé l'Union soviétique et le Canada en 1972. Il était, en effet, bien placé pour le savoir… Mais Stéphane trouvait quand même difficile de croire qu'on puisse dire ce genre de chose au sujet d'un enfant!

— Quel âge a-t-il? demanda-t-il à Dimitri un jour qu'ils s'entraînaient avant leur départ.

— Treize ans, je pense.

— Alors, comment est-ce qu'ils peuvent dire une chose pareille au sujet d'un jeune de treize ans? Comment est-ce qu'ils peuvent en être certains?

— T'es canadien, hein? avait demandé Dimitri.

La question avait pris Stéphane par surprise.

— Ouais, évidemment. C'est quoi, le rapport?

— As-tu déjà lu des livres sur Wayne Gretsky ou Bobby Orr?

— Bien sûr!

— Eh bien, quand ils avaient treize ans, les gens savaient déjà qu'ils iraient loin, non?

— Probablement, répondit Stéphane.

Il avait bien hâte de voir ce nouveau phénomène russe. Il était en même temps surexcité à la pensée de rencontrer quelqu'un qui allait certainement jouer un jour dans la Ligue nationale, et terrifié par la perspective d'avoir à l'affronter sur la patinoire. Et s'il jouait au centre, lui aussi? Si Stéphane devait gagner des mises au jeu contre lui? Non… Il avait oublié qu'Anou était de retour et qu'il allait retourner à l'aile gauche.

Les garçons s'apprêtaient à se diriger vers l'autocar quand Max et M. Tremblay arrivèrent.

— Allons-y! cria Max. On monte dans une heure!

— Dans l'autocar? demanda Aimé-Césaire.

— L'autocar, tu y es dans cinq minutes, jeune homme. Dans une heure, tu montes sur la glace!

— Sur la glace! Où ça? ne put s'empêcher de demander Stéphane.

Ils n'avaient pas encore patiné depuis leur arrivée, et ils avaient tous hâte d'essayer les grandes patinoires européennes.

— Au Globen, répondit Max, imperturbable.

Les Carcajous n'en revenaient pas. Ils n'étaient en Suède que depuis une journée et, déjà, la magnifique patinoire du Globen Arena les attendait!

Le stade où Mats Sundin, des Maple Leafs, avait joué pour le Djurgårdens…

Où le MoDo d'Ornskoldsvik, l'équipe de Peter Forsberg, venait jouer…

Où avait été disputé le Championnat du monde…

Et où les Carcajous étaient attendus dans une heure!

Chapitre 3

Les Carcajous étaient prêts à commencer. La glace scintillait sous la lumière vive du Globen Arena. Stéphane leva les yeux à travers la grille de son casque; le bâtiment formait un cercle parfait, aux murs arrondis surmontés d'un haut dôme blanc, et il y avait des sièges rouge vif tout autour. C'était vraiment la patinoire la plus bizarre que Stéphane avait vue de sa vie.

— On se croirait à l'intérieur d'une balle de golf, fit Anou, qui regardait elle aussi vers le haut.

— C'est magnifique, murmura Stéphane.

Et immense! Max leur expliqua que la largeur de la patinoire avait seulement cinq mètres — cinq pas d'adulte, à peu près — de plus que celles auxquelles ils étaient habitués et que la longueur était exactement la même.

— Mais elle va vous paraître beaucoup plus longue, parce que les filets sont plus éloignés des bandes et que les coins sont plus profonds.

Max avait eu beau les avertir, ils ne s'attendaient

pas à être aussi désorientés à leur arrivée sur la vaste patinoire. Stéphane exécuta son habituel pas de danse pour prendre de la vitesse et se pencha pour regarder les marques laissées par ses patins sur la glace neuve. Il eut l'impression de se retrouver à la baie James, entouré de glace à perte de vue.

Les lames de ses patins crissaient comme pour le remercier de les avoir amenés sur cette magnifique patinoire. Il n'avait qu'à faire un pas pour les sentir mordre dans la glace et, dès qu'il exerçait une poussée, il voyait une neige légère virevolter sous ses lames.

Stéphane leva la tête pour voir ce qui se passait devant lui. Anou Martin patinait avec sa grâce habituelle. On aurait dit que les lames de ses patins soupiraient de satisfaction, alors que celles de tous les autres grésillaient. Elle flottait sur la surface glacée, réussissant — par quel miracle? — à accélérer tout en se laissant glisser.

Stéphane sourit intérieurement en la regardant patiner. Les Carcajous affrontaient souvent des équipes dont les meilleurs patineurs — toujours des garçons, et invariablement les meilleurs de leur équipe — enviaient tellement Anou qu'ils en oubliaient jusqu'à leur match pour essayer de lui montrer de quoi ils étaient capables. Ils la pourchassaient sur la patinoire comme s'ils n'étaient là que pour la suivre, et non pour jouer au hockey. Et quand ils étaient incapables de la rattraper, ils la faisaient trébucher. Anou était vraiment une hockeyeuse aux multiples talents : non seulement elle préparait les buts de son équipe, mais elle faisait subir à l'équipe adverse punition sur punition.

Stéphane passa à côté de Max, qui patinait dans son vieux coupe-vent. Il portait aussi ses vieux gants, qui devaient bien dater — d'après ce que disaient certains des Carcajous — de la découverte des Amériques par Christophe Colomb, ou à tout le moins du temps où Max jouait au hockey junior avant qu'une fracture à la jambe ne vienne mettre fin à son rêve de passer dans la Ligue nationale de hockey.

Max était accompagné d'un homme que Stéphane n'avait jamais vu : un grand blond, vêtu d'un survêtement jaune et bleu dont le devant s'ornait de trois petites couronnes dorées. Il avait un physique imposant et patinait en se penchant vers l'avant, projetant une éclaboussure de neige à chaque coup de patin. C'était à n'en pas douter un patineur extrêmement puissant. Et sa coiffure… Stéphane n'avait jamais rien vu de pareil. Il était évident que l'homme avait utilisé du gel, puisque ses cheveux brillaient sous la lumière et qu'ils se dressaient en une série de pics étranges. C'était spécial, pensa Stéphane, mais vraiment pas mal.

Max et le géant blond s'arrêtèrent au centre de la patinoire, et Max siffla.

Les Carcajous se rassemblèrent autour des deux hommes.

Max aurait aussi bien pu se trouver à l'aréna où ils

jouaient habituellement, à Chicoutimi. Il avait les mêmes vieux vêtements. Les mêmes vieux gants, le même bâton et le même sifflet. Et, comme d'habitude, les yeux de tous les Carcajous étaient tournés vers lui.

Max ne ressemblait à aucun des autres entraîneurs que Stéphane avait connus. Il ne criait jamais. Il n'avait pas de planchette à pince, et pas non plus de patinoire de plastique ou de stylos-feutres de différentes couleurs. Il n'avait qu'à parler, et tout le monde l'écoutait.

— Je vous présente Borje Salming, annonça -t-il.

Son compagnon sourit. Il avait la bouche de travers, les lèvres et tout le visage couturés de cicatrices, comme s'il avait été sculpté au couteau dans un tronc d'arbre. Mais son sourire était chaleureux, et ses yeux bleus luisaient amicalement sous ses cheveux brillantinés.

— Tu veux dire à tes amis qui est M. Salming, Lars?

Lars s'éclaircit la voix. Même lui avait été pris par surprise.

— C-c-c'est un ancien des Maple Leafs de Toronto et des Red Wings de Detroit. Le premier joueur suédois à avoir été nommé au Temple de la renommée du hockey.

— Bravo! lança Borje Salming.

Michel Godin, l'expert en statistiques, s'avança et prit la parole à son tour.

— Choisi six fois pour l'équipe d'étoiles de la LNH — 150 buts et 637 passes, pour un total de 787 points.

— Excellent! s'écria Borje Salming, tout étonné.

— La compagnie de M. Johanssen a demandé à M. Salming de diriger une séance d'entraînement avec chacune des équipes qui participent au tournoi, expliqua Max. Lui et ses assistants vont travailler avec vous cet après-midi.

— O.K.!! s'écria Michel.

— Youpi! fit Lars en écho.

Et personne n'eut besoin de se retourner pour voir qui criait le plus fort à l'arrière.

— CARACAJAS! CARACAJOUS!

* * *

Stéphane n'aurait jamais pu imaginer un entraînement comme celui-là. Cela faisait six ans qu'il jouait et il patinait depuis l'âge de trois ans. Mais ce jour-là, il avait l'impression qu'il ne savait plus rien.

Il y avait trois autres entraîneurs suédois qui assistaient Borje Salming. L'un d'eux, un barbu à lunettes d'un certain âge, avait une planchette à pince sur laquelle était posé un livre contenant les exercices qu'ils étaient en train de faire.

Ils patinèrent pendant plusieurs minutes. Pas de circuits en sens contraire des aiguilles d'une montre avec changements de vitesse minutés, comme ils avaient l'habitude d'en faire au Canada, mais des croisements et des changements de direction complexes.

Borje Salming siffla au centre de la patinoire, et tous les Carcajous firent aussitôt cercle autour de lui. Sim et Anou arrivèrent presque en même temps et s'arrêtèrent un peu en retrait.

— T'as vu ses cheveux ? ricana Sim.

— Je le trouve plutôt mignon, murmura Anou.

Sim secoua la tête d'un air dégoûté.

Stéphane se rendit compte que les autres entraîneurs étaient en train d'enlever les filets. Ils apportaient quatre petits cadres rouges.

Borje Salming cueillit la rondelle avec son bâton, comme Stéphane avait vu d'autres joueurs de la LNH le faire. Il avança son bâton et le ramena à lui d'un mouvement souple, et la rondelle apparut sur la lame comme par magie avant de s'élancer dans les airs, puis de retomber, avec une précision parfaite, dans la paume de sa main gantée. Il n'avait même pas l'air de penser à ce qu'il faisait.

Il leur montra la rondelle.

— Je n'ai pas besoin de vous dire que tout ce qui compte, c'est ceci et ce que vous êtes capables d'en faire, dit-il. Mais nous avons décidé de vous montrer comment les enfants apprennent à jouer au hockey en Suède.

Il mit la main dans la poche de son survêtement et en sortit une nouvelle rondelle, qu'il plaça à côté de celle qu'il venait de cueillir sur la glace. Elle ressemblait en tous points à la première… sauf qu'elle était deux fois plus petite.

— Nous enseignons aux petits Suédois à manier d'abord de petites rondelles, expliqua-t-il. On ne donne pas un ballon de basket de pleine grosseur à un enfant de cinq ans, n'est-ce pas ? Même s'il est déjà très grand.

— Non, dit Aimé-Césaire, sur qui on pouvait toujours compter pour dire des évidences.

— En Europe, le hockey est une question de tempo, dit Borje Salming. Est-ce que quelqu'un sait ce que c'est, le tempo ? Est-ce qu'il y a des musiciens parmi vous ?

Aimé-Césaire leva la main, évidemment.

— Je joue du piano.

— Alors ?

— Le tempo, c'est la vitesse à laquelle on doit jouer un morceau.

Borje Salming acquiesça en souriant.

— C'est la même chose au hockey. Si vous pouvez apprendre à faire les exercices à pleine vitesse, vous n'aurez même pas besoin de penser à ce que vous faites quand viendra le temps de disputer un match. Les enfants ne sont pas capables de manier les rondelles réglementaires de la Ligue nationale aussi bien que ces petites-là. Et, évidemment, ils ne les lancent pas non plus de la même façon.

Il désigna ensuite les quatre cadres rouges que les autres entraîneurs venaient de mettre en place. Ils se faisaient face deux par deux de part et d'autre de la ligne rouge.

— Il faut des petits filets pour des petites rondelles, dit-il en montrant les cadres. C'est comme ça que nous communiquons notre savoir-faire. Les jeunes hockeyeurs peuvent manier ces petites rondelles plus facilement, et ils peuvent aussi les lancer beaucoup plus facilement. Nous nous servons de ces petits filets pour leur apprendre à être précis.

Il divisa les Carcajous en deux groupes, un pour chaque paire de filets miniatures, à chaque bout de la patinoire. Les règles étaient simples — pas de hors-jeu et pas d'interruptions — et les mots d'ordre aussi : créativité et audace.

Stéphane n'avait jamais entendu aucun entraîneur parler de cette façon, même pas Max, qui croyait pourtant à la nécessité de s'amuser sur la glace et qui leur laissait presque toujours quelques minutes de jeu libre à la fin des séances d'entraînement. Mais même quand ils jouaient pour s'amuser, au Canada, les entraîneurs sifflaient à l'occasion pour arrêter le jeu et leur expliquer leurs erreurs. Là, il n'y aurait rien de tout cela. Pas de contraintes. Pas de leçons. Pas d'arrêts du jeu. Rien.

C'était complètement nouveau pour Stéphane, malgré toute son expérience du hockey. C'était extrêmement stimulant. Et absolument merveilleux ! Il s'amusait comme un petit fou — plus qu'il ne s'était jamais amusé sur une patinoire, pensa-t-il.

Ils étaient divisés en groupes de trois : Stéphane, Dimitri et Anou contre Sim, Kling et le gros Normand Saint-Onge. Borje Salming et l'autre entraîneur qui se trouvait à leur extrémité de la patinoire se contentèrent de lancer la rondelle dans le coin, et le jeu commença. Les quatre entraîneurs se mirent ensuite en poste le long de la ligne du centre pour empêcher les rondelles de la traverser.

La rondelle était d'une légèreté aérienne. Stéphane avait l'impression de pouvoir la manier aussi bien qu'un vrai professionnel de la Ligue nationale. Et, quand il tira, il ne lui fallut qu'un infime mouvement du poignet pour réussir un tir qui rebondit durement sur le haut de la baie vitrée. Il n'en revenait tout simplement pas !

Pourtant, il ne servait à rien d'envoyer la rondelle rebondir sur la baie vitrée simplement parce que cela faisait un joli bruit. Stéphane suait à grosses gouttes et cherchait son souffle. Il se rendit compte que ce petit exercice répondait à toutes les questions qu'il s'était déjà posées sur le hockey européen.

Là, sur cette moitié de patinoire du Globen Arena de Stockholm, avec une minuscule rondelle et un filet miniature, il comprenait tout cela clairement pour la première fois : le seul moyen d'attaquer, pour Anou, Dimitri et lui, c'était de patiner en rond sans s'arrêter et de se passer la rondelle les uns aux autres, même s'ils n'avaient que la moitié de la patinoire pour travailler. Ils devaient laisser la rondelle en circulation et attendre que Sim, Kling ou Normand fasse le premier geste, ce qui leur permettait ensuite de s'élancer rapidement à trois contre deux. La rondelle était tellement petite et tellement légère qu'ils pouvaient se la passer et se la repasser rapidement et sans effort, dans un jeu qui les hypnotisait presque tandis qu'ils essayaient de nouvelles idées. Ils pouvaient faire tout ce qu'ils voulaient, puisqu'il n'y avait personne pour siffler l'arrêt du jeu ou pour leur crier des ordres, et pas de pointage à surveiller. Ils patinaient en rond, laissaient tomber la rondelle et s'envoyaient de petites passes rapides. Et la rondelle dansait au bout de leurs bâtons.

Mais pour marquer, c'était une autre histoire! Le filet était tellement petit que, avec Sim et ses grosses jambières dans le chemin, ils avaient l'impression de devoir enfiler une aiguille. S'ils appliquaient la stratégie nord-américaine habituelle, ils allaient perdre la rondelle. Les tirs au but n'étaient pas toujours la manœuvre la plus sûre. Ici, tirer pour tirer, c'était du gaspillage. Ils devaient attendre et s'organiser pour que l'un d'entre eux puisse se placer dans l'angle idéal. Il n'était pas question de puissants tirs frappés. La seule chose qui fonctionnait, c'étaient de petits tirs rapides et solides, placés exactement au bon endroit.

Ils jouèrent pendant près d'une demi-heure et, quand Borje Salming se décida finalement à siffler et que les autres entraîneurs commencèrent à ramasser les petites rondelles et à enlever les petits filets, les Carcajous s'écroulèrent sur le dos, en sueur, à bout de souffle… et en proie au fou rire!

— Ça, c'est ce que j'appelle du hockey! dit Dimitri.

— J'adore ça! renchérit Anou.

Un peu en retrait sur le côté, Sim cherchait son souffle. Il essaya un petit rire sarcastique.

— Une bonne mise en échec, et tu changerais d'idée.

Anou se mit à rire.

— Il faudrait d'abord que tu nous rattrapes, mon gros.

Sim lui lança un gant, qui rebondit sur ses épaulières.

— On a gagné, annonça-t-il.

— Comment ça, «on a gagné»? demanda Stéphane. On comptait même pas les points!

— Je compte toujours les points, répondit Sim.

Il n'avait pas sitôt fini de parler que son propre gant lui revint par la voie des airs, lui atterrissant en plein sur le nez.

— Moi aussi, dit Anou en riant toujours. Et maintenant, on est quittes!

CHAPITRE 4

Les Carcajous n'avaient pas encore disputé un seul match, mais le tournoi s'annonçait déjà exceptionnel. Après l'entraînement avec Borje Salming et ses petites rondelles, la compagnie forestière pour laquelle travaillait le père de Lars les avait invités à un banquet au restaurant qui surplombait la patinoire, tout en haut au septième étage du complexe abritant le Globen Arena. Mais les Carcajous semblaient avoir complètement oublié qu'ils étaient là pour manger. En bas, le MoDo — l'une des meilleures équipes suédoises, pour laquelle avait joué Peter Forsberg — s'entraînait en vue de son prochain match contre le Djurgårdens.

— Ils jouent avec les petites rondelles! s'écria Aimé-Césaire.

— Elles ont seulement l'air petites vues d'ici, répondit Stéphane en regardant Aimé-Césaire d'un air découragé.

Le repas se composait notamment de minuscules pommes de terre bouillies et d'un impressionnant assortiment de fromages. Lars aurait bien voulu que tous ses coéquipiers goûtent au hareng mariné, mais il n'arrivait pas à les convaincre qu'il ne s'agissait pas d'un serpent enroulé dans leur assiette.

— J'en veux! s'écria Sim, assis à une autre table.

Depuis son voyage à la baie James, Sim se prenait pour un parfait gastronome. Après tout, il avait mangé du castor — et même des narines d'orignal! —, de sorte qu'il était sûrement capable d'avaler un petit poisson gluant et caoutchouteux.

— Si t'en manges, lui dit Lars, tu seras le premier à goûter à notre spécialité nationale.

Sim ouvrit de grands yeux.

— C'est quoi?

— C'est un mets dont tous les Suédois raffolent. Tu vas voir! Tu pourras être le premier servi si tu manges du hareng.

— Pas de problème! annonça Sim en s'assoyant. Il plaça cérémonieusement une serviette sous son menton.

Il découpa un petit bout de hareng mariné, le renifla et se mit à le mastiquer.

— Mmmmm! répétait-il. C'est délicieux! Absolument parfait!

Sim dévora son hareng mariné comme s'il en avait mangé depuis sa tendre enfance. Il adorait se donner en spectacle.

— T'as gagné! fit Lars. Apportez-lui un peu de *blodkorv*, s'il vous plaît.

Sim déposa son couteau et sa fourchette, et s'épongea le menton, attendant dignement qu'on vienne le servir, tel un roi des temps anciens bien assis sur son trône.

Un serveur souriant s'approcha avec la spécialité promise par Lars.

Sim se tamponna la bouche.

— Il me faudrait un peu de vin pour m'enlever le goût du hareng, annonça-t-il avec majesté.

— T'as juste treize ans, lui fit remarquer Aimé-Césaire.

— Ça fait rien, on peut boire de l'alcool à n'importe quel âge en Suède, fit Sim. Pas vrai, Lars ?

— En principe, il faut avoir dix-huit ans, répondit Lars. Mais on laisse le plus souvent les parents décider si leurs enfants ont assez de maturité pour boire. Dans ton cas, je dirais que ce sera vers l'an 2036, ou à peu près.

Sim lui fit la grimace.

— Très drôle !

Le serveur déposa une assiette devant Sim et recula d'un pas.

— Allons-y ! fit Sim, en criant presque.

— Vas-y, dit Lars. Tu l'as bien mérité.

Sim ne prit même pas la peine de sentir le plat. Comme une pelle mécanique empilant de la neige dans la benne d'un camion, il enfourna ce qu'il avait dans son assiette, mastiqua un coup les yeux fermés — et s'interrompit aussitôt, les yeux grand ouverts !

— Qu'est-ce que c'est que ça?! murmura-t-il, le menton dégoulinant d'un jus brunâtre.

— En français, on appellerait ça du « boudin », dit Lars. C'est un mélange de bière, de sirop, d'épices et de farine…

Il fit une pause, souriant jusqu'aux oreilles.

— … et aussi du sang d'un cochon fraîchement abattu. C'est une recette très ancienne, typiquement suédoise, qui remonte à plusieurs centaines d'années.

Sim, la bouche ouverte, continuait de baver son boudin. Il était blanc comme un drap.

— Je vais voooooomir!

* * *

Ils ressortirent sous le brillant soleil de la fin de l'hiver suédois. Sim, qui crachait encore dans sa serviette de table, s'engouffra dans le McDonald voisin et se commanda un Big Mac pour s'enlever de la bouche le goût écœurant du boudin suédois. Ils prirent ensuite l'autobus vers le centre-ville.

Max leur avait laissé quelques heures de liberté. Ils avaient le droit d'aller où ils voulaient, à condition d'être de retour à l'autocar à 16 heures.

Sous le soleil, avec la neige qui illuminait le paysage, Stockholm avait l'air d'une ville de conte de fées. Tout y semblait tellement vieux, tellement magique et mystérieux!

Stéphane et Aimé-Césaire étaient curieux de

connaître l'histoire de la ville. Heureusement, Lars était avec eux. Il leur parla des canaux, des églises et même un peu des Vikings. Mais Sim n'était pas très attentif.

— CARACAJAS! CARACAJOUS!

Stéphane sourcilla. L'endroit était vraiment mal choisi pour essayer son nouveau cri de ralliement. Ils passaient justement devant une église. Sim n'avait donc aucun respect pour rien?

— Caracajas! Caracajous!

Le deuxième cri ne venait pas de Sim. Il était plus aigu et plus éloigné.

Sim se retourna vivement.

— Qu'est-ce que c'était que ça?

— L'écho, suggéra Lars.

— Certainement pas! On aurait dit… une fille!

Sim plaça ses mains en cornet devant sa bouche.

— CARACAJAS! CARACAJOUS! cria-t-il.

— Caracajas! Caracajous!

La réponse, plus claire, leur parvenait maintenant de plus près.

— Ils me répondent! s'exclama Sim en riant.

— C'est peut-être des loups, suggéra Stéphane.

— CARACAJAS! CARACAJOUS! appela de nouveau Sim.

Un groupe de jeunes arrivait au bout de la rue.

L'une des filles se mit à courir, les mains en cornet devant la bouche. Elle leva la tête et se mit à hurler.

— CARACAJAS! CARACAJOUS!

Sim lui répondit.

— CARACAJAS ! CARACAJOUS !

La fille lui fit un salut de la main. Sim se retourna, rouge comme une tomate.

— Ils viennent vers nous, murmura-t-il d'un air effaré.

C'étaient des Suédois. Il y en avait sept ou huit vêtus d'une veste bleue et d'un foulard jaune, et trois ou quatre autres en anorak et casquette de baseball. Probablement une équipe sportive, ou au moins quelques membres d'une équipe et leurs amis. La fille qui avait répondu au cri de Sim avait tout l'air d'être le chef de la bande.

— Allô, fit-elle en s'adressant directement à Sim. Je m'appelle Annika. Et toi ?

Sim se mit à bégayer. Stéphane ne pouvait pas l'en blâmer. Annika était tellement mignonne… Elle était très blonde, avec un joli sourire à fossettes qui découvrait des dents parfaites. Mais le plus mignon, c'était son accent. Quand elle parlait français, on avait presque l'impression de l'entendre chanter.

— S-Sim. Et toi ?

Annika éclata de rire.

— Annika. Je viens de te le dire. Tu ne m'as pas entendue ? C'est parce que tu es sourd ou parce que mon français est trop horrible ?

Sim était tout énervé.

— Ah, oui, bien sûr. Excuse-moi.

— D'où viens-tu ?

Avec l'aide de Lars, Sim réussit à lui expliquer ce que lui et son équipe étaient venus faire en Suède.

Les amis d'Annika, en veste bleue et foulard jaune, faisaient partie de l'équipe pee-wee de Malmö. Ils participaient eux aussi au tournoi et se trouvaient à Stockholm pour un match au Globen Arena.

— Malmö? fit Lars. On va jouer deux matches là-bas.

— Vous allez peut-être jouer contre nous, fit un grand garçon. On a une bonne équipe, vous savez!

— Nous aussi, fit Sim. Je suis capitaine adjoint.

Stéphane attendit que Sim mentionne qu'il était le capitaine de l'équipe, mais Sim ne souffla mot. Et Stéphane se demandait bien comment le dire sans avoir l'air de se vanter.

— On a eu un entraînement avec Borje Salming, leur dit Lars.

— Pas vrai?! cria Annika.

— Oui, oui! fit Sim en opinant de la tête.

— C'est mon idole! fit Annika, les yeux brillants. J'ai une affiche de lui dans ma chambre.

— Quand est-ce que vous allez à Malmö? demanda le grand garçon à Stéphane.

— On affronte la Russie demain, ici. Je pense qu'on part très tôt après-demain matin.

— Je vais aller vous voir jouer, promit Annika, faisant rougir Sim en le regardant de ses yeux d'un bleu exceptionnel.

— J-j-je porte le numéro 21, dit-il.

— Le numéro de Borje Salming!!! s'écria-t-elle.

— Ouais, fit Sim. Je sais. C'est mon joueur préféré, à moi aussi.

Stéphane sursauta. Comment son ami pouvait-il dire une chose pareille? Sim était encore un bébé quand Salming avait pris sa retraite. Stéphane était son meilleur ami depuis des années, et pourtant, il ne l'avait jamais entendu mentionner Borje Salming. Bobby Orr, peut-être. Et certainement Brian Leetch. Mais Salming?

— Pas vrai? demanda Annika.

— Oui, mentit Sim. Parfaitement.

Annika mit à nouveau les mains en cornet devant sa bouche.

— CARACAJAS! CARACAJOUS!

CHAPITRE 5

L e lendemain matin, ils se rendirent de bonne heure au Globen Arena. Dimitri voulait voir son cousin avant le match. Stéphane, Lars et Sim l'accompagnèrent.

On était déjà en train de refaire la glace en prévision du match entre les Carcajous et l'équipe russe, mais il n'y avait personne dans les gradins. M. Blackburn, le père de Claude, était en train d'aiguiser les patins des Carcajous; il les salua de la main du bout du corridor. Ce bon vieux M. Blackburn!

Les joueurs de l'équipe russe, le CSKA, étaient déjà là, mais la porte de leur vestiaire était fermée. Un homme en complet bleu, debout à côté de la porte, les surveillait de près. Il portait des lunettes sombres, qui lui donnaient un air sinistre, et arborait sur sa veste une épinglette rouge et or du CSKA; il était certainement avec l'équipe.

Quand Dimitri s'adressa à lui, il lui répondit en russe. Il eut même un sourire quand il se rendit compte que Dimitri parlait sa langue. Il l'écouta attentivement, avec de petits signes de tête.

L'homme au complet bleu finit par frapper à la porte — deux petits coups rapides, une pause, puis un troisième coup plus discret —, et on le fit entrer.

— C'est quoi, toutes ces simagrées? demanda Sim.

— Je n'ai pas très bien compris, répondit Dimitri. Ils n'ont pas l'air de vouloir qu'on parle aux joueurs. Mais je lui ai dit que j'étais le cousin de Slava.

— Ils ont peut-être peur qu'il fasse défection, supposa Sim, fier de faire ainsi étalage de ses connaissances.

— Arrive en ville, Sim! fit Dimitri en riant. Les Russes ne s'enfuient plus comme avant.

— Fedorov l'a fait. Et Mogilny aussi.

— C'était à l'époque de l'Union soviétique, Sim. Mais ça n'existe plus, l'Union soviétique. Tu n'écoutes pas pendant les cours d'histoire?

— Eh ben, alors, pourquoi est-ce qu'ils sont aussi nerveux?

Quelques minutes passèrent. Les garçons commençaient à s'impatienter. La porte s'ouvrit enfin et l'homme en complet bleu sortit du vestiaire. Il était suivi d'un autre homme, qui semblait encore plus inquiet. Puis d'un enfant. Un garçon malingre aux dents légèrement proéminentes et aux cheveux blonds emmêlés.

— Slava! s'écria Dimitri quand il vit qui arrivait.

— Salut ! lui répondit le garçon en souriant.

Les deux cousins s'étreignirent. Puis Dimitri embrassa son cousin sur la joue, et Slava lui rendit sa bise. Stéphane était assez proche de Sim pour l'entendre murmurer :

— Je vais vomir !

Les deux cousins s'étreignirent de nouveau avant de se séparer.

— Slava, dit Dimitri. Je te présente mes coéquipiers. Stéphane, Lars, Sim, je vous présente Viacheslav Chadrine. Slava, pour les intimes.

— J'embrasse pas, fit Sim.

Même Slava se mit à rire. Ses dents proéminentes lui faisaient un merveilleux sourire — quand il souriait, c'est-à-dire pas souvent. Il ne parlait pas très bien français, et Dimitri devait traduire une bonne partie de ce qu'il disait, mais les quatre garçons réussirent quand même à parler du tournoi, de ce qu'ils avaient vu et de ce qu'ils avaient fait, y compris la désormais célèbre baignade d'hiver de Sim.

Slava approuvait de la tête et eut même un petit rire à quelques reprises, mais il n'avait rien à raconter en retour. Lars lui demanda ce qu'il avait vu, par l'intermédiaire de Dimitri, et il répondit qu'il n'avait vraiment pas fait grand-chose à part les entraînements et les réunions d'équipe. Slava n'était pas allé dans les magasins, ni dans les musées.

— Demande-lui s'il peut venir avec nous à Malmö, dit Stéphane à Dimitri.

Mais Slava ne put que secouer la tête d'un air désolé. Il adressa quelques mots rapides à Dimitri, sans cesser de regarder les deux hommes du CSKA, qui bavardaient un peu à l'écart.

— Dommage, dit Dimitri. Alors, à bientôt, Slava.

Après une rapide poignée de main, Slava rentra dans le vestiaire. L'homme au complet bleu avait déjà ouvert la porte et la referma rapidement.

— Mais qu'est-ce qui se passe, exactement? demanda Stéphane.

— Attends un peu, murmura Dimitri, qui attendit ensuite d'être presque arrivé au vestiaire des Carcajous avant de faire signe aux deux autres de s'approcher.

— Vous avez vu l'homme au complet bleu? demanda d'abord Dimitri.

— Bien sûr, et alors? fit Lars.

— C'est un agent du KGB. Un agent secret, si tu préfères. Il accompagne Slava partout où il va.

— Même aux toilettes? demanda Sim, incrédule.

— Presque; ils ont peur de la mafia russe.

— Il y a quelqu'un qui veut tuer ton cousin? demanda Stéphane, abasourdi.

— Pas le tuer, idiot! L'enlever!

— L'enlever? s'écrièrent les trois autres en chœur.

— Oui, pour obtenir une rançon. Vous voyez ce que je veux dire?

— Il est si riche que ça? demanda Sim, encore plus incrédule.

Dimitri secoua la tête.

— Il n'est pas riche. Mais il est bon…

— Explique-nous, ordonna Sim.

— La mafia fait déjà chanter beaucoup de joueurs de la Ligue nationale. Les bandits les menacent de s'en prendre aux membres de leur famille, en Russie, alors les joueurs paient. C'est aussi simple que ça.

— C'est dingue! dit Lars.

— Tout est dingue en Russie, ces temps-ci, répondit Dimitri. Les gars de la mafia savent bien ce que tout le monde dit au sujet de Slava. Ils savent que c'est le meilleur jeune joueur de tous les temps, meilleur encore que Larionov, Fedorov, Bure ou Yashine.

— Mais il n'a pas d'argent, souligna Stéphane. Il ne peut même pas être repêché avant ses dix-huit ans.

— Ça ne fait rien, répondit Dimitri. Il est le symbole par excellence du hockey russe actuel, la preuve vivante que le système peut encore produire de grands joueurs. La Fédération russe de hockey sur glace subsiste uniquement grâce à l'argent que lui envoient les équipes de la LNH. Elle serait prête à payer n'importe quelle rançon pour lui.

— Alors, il est ici avec ses gardes du corps? demanda Lars.

— Exactement.

— C'est ridicule! fit Lars en secouant la tête.

Stéphane était bien d'accord. Un joueur pee-wee, de treize ans à peine, pouvait-il être à ce point extraordinaire?

CHAPITRE 6

L es membres du CSKA, l'équipe de Slava Chadrine, en uniformes aussi rouges que les sièges du
stade, étaient déjà sur la patinoire à l'arrivée des Carcajous. Il fallut à Stéphane un certain temps pour
repérer le numéro 13. Slava était certainement un
patineur élégant, mais était-il vraiment meilleur
qu'Anou? Stéphane chercha sa coéquipière des yeux.
Elle évoluait gracieusement sur l'immense patinoire,
légère comme un duvet d'asclépiade flottant sur une
douce brise.

Stéphane atteignit la barre horizontale dès son
premier tir d'entraînement et sut qu'il allait jouer un
bon match. En tant que capitaine, il aligna les Carcajous pour leurs tirs d'entraînement contre Anne-
Marie Loiselle et Germain Lacouture. Anne-Marie
avait été choisie pour garder les buts pendant le premier match, et elle était nerveuse. Elle laissait passer
plus de tirs qu'elle n'en arrêtait.

Stéphane se sentait bien. Il avait eu les jambes un

peu molles après le long trajet en avion, suivi de l'entraînement à la suédoise, mais maintenant tout était revenu à la normale. Il se déplaçait sans effort, d'un coup de patin rapide et fluide. Il espérait ne pas faire trop mauvaise impression aux Russes. Il espérait aussi qu'ils reconnaîtraient son « C » de capitaine. Il avait déjà aperçu le « K » — pour « Kaptain » — du numéro 13.

Max les appela tous au banc, ce qui était tout à fait inhabituel de sa part. En général, il ne leur parlait que dans le vestiaire.

— N'oubliez pas que vous êtes ici pour jouer, pas pour regarder, leur dit Max. Ne vous laissez pas hypnotiser par ce qui va se passer sur la glace. Si vous voulez l'autographe du numéro 13, vous pourrez le lui demander quand le match sera fini.

Stéphane trouvait que Max exagérait. Slava n'avait pourtant rien de si extraordinaire. Anou patinait tout aussi bien, et Normand Saint-Onge avait un tir exceptionnellement puissant pour un garçon de treize ans. Quant à Stéphane lui-même, il était plutôt doué comme stratège, non ? Et qui pouvait s'échapper plus vite que Dimitri ?

— Anou, tu le suis partout jusqu'en zone neutre, dit Max. Et dès qu'il traverse notre ligne bleue, il est à toi, Sim. Je veux que vous lui colliez tous les deux aux fesses comme de la Krazy Glue, c'est compris ?

Personne ne dit mot. Ce n'était pas nécessaire. Stéphane se mit à frapper la glace de son bâton, et les autres lui emboîtèrent le pas. Ils sautèrent ensuite du banc et donnèrent chacun leur tour un petit coup de bâton sur les jambières d'Anne-Marie. La partie pouvait débuter.

C'est le trio d'Anou qui avait été choisi pour commencer le match. Sim et Kling étaient à la défense. Stéphane était un peu mal à l'aise d'être de retour à l'aile gauche, mais il savait qu'ils joueraient tous mieux s'ils pouvaient compter sur la vitesse d'Anou au centre. De plus, Anou devait suivre Slava, qui était le premier centre du CSKA.

Les deux équipes échangèrent des cadeaux — de petits drapeaux canadiens pour les Russes et des épinglettes du CSKA pour les Canadiens, qui les déposèrent dans un sac que M. Blackburn leur tendait près du banc — et prirent leur place pour la mise au jeu.

Anou l'emporta aisément et passa la rondelle du revers à Stéphane. Stéphane la ramassa, pivota sur lui-même et la remit à Sim, qui leva les yeux et décida de la renvoyer à Anou qui s'élançait entre les deux défenseurs russes. C'était une manœuvre qu'ils connaissaient bien et qu'ils avaient répétée bien des fois à l'entraînement. Leur attaque rapide avait toujours très bien fonctionné, prenant les adversaires au dépourvu avant même qu'ils se rendent compte que le match était en cours.

Sim exécuta sa passe, mais la rondelle atterrit directement sur une paire de jambières qui semblait surgir de nulle part. Les jambières du numéro 13...

projetait la rondelle sur la lame du bâton d'un de ses coéquipiers, et celui-ci ne s'en était pas sitôt emparé que, déjà, Slava se trouvait dans une zone complètement déserte et réclamait une passe.

Les Russes menaient par 3 à 0 quand Anou, Stéphane et Dimitri eurent leur deuxième chance. Cette fois-ci, ils étaient prêts. Anou suivait Slava comme son ombre. Elle plongeait pour bloquer ses passes et ne le lâchait pas d'une semelle. Et Slava semblait bien s'amuser.

À un moment donné, Slava s'arrrêta devant Sim tellement vite qu'il lui éclaboussa le visage d'un jet de cristaux de glace. On aurait dit qu'une souffleuse était passée par là. Slava laissa la rondelle glisser sur son erre d'aller, droit entre les patins de Sim. Puis, d'une pirouette, il contourna Sim et fila sans encombre vers le but. Il passa devant le filet, attirant Anne-Marie vers lui, et fit glisser la rondelle vers son ailier, qui savait exactement à quoi s'attendre.

CSKA 4, Carcajous 0.

Les Carcajous se reprirent quelque peu en deuxième période. Anou attrapa au vol une passe de Slava et renvoya la rondelle à Stéphane près de la bande. Comme le défenseur russe lui barrait la route, Stéphane se rappela ce que Max leur disait toujours : « Un tir au but n'est jamais une mauvaise idée. » Le gardien accorda un retour et la rondelle rebondit mollement sur le bâton de Dimitri, qui l'enfila dans le haut du filet d'un coup de revers.

Le CSKA faillit marquer de nouveau quand Slava fit une passe entre ses propres jambes vers la ligne bleue, laissant au plus gros défenseur russe le soin de décocher un puissant tir frappé. Stéphane savait qu'il avait une chance de bloquer son tir en plongeant, ou au moins de le détourner, mais il fut incapable de s'y résoudre. Il avança timidement son bâton, et la rondelle poursuivit son chemin à toute allure avant d'aller heurter la barre horizontale. Une chance pour Stéphane…

Pendant le tour suivant, Max garda Stéphane au banc. C'était sa façon de lui faire savoir qu'il l'avait vu reculer. Stéphane avait encore peur de recevoir un coup de rondelle.

En attendant de retourner sur la glace, Stéphane jeta un coup d'œil sur l'assistance. Annika était là, avec quelques-uns des membres de l'équipe de Malmö. Ils chantaient et agitaient la bannière de leur équipe, lançant à l'occasion un « CARACAJAS! CARACA-JOUS! » quand Sim avait la rondelle.

Il remarqua aussi un homme assis à côté du banc des Carcajous. Quelque chose — était-ce la coupe de son complet ou tout simplement son apparence générale? — lui disait qu'il était Russe. L'homme mâchonnait un cure-dents, et Stéphane aperçut l'éclair d'une dent en or entre ses lèvres retroussées. Il n'avait pas l'air commode. Mais Stéphane se dit que c'était probablement normal pour un agent secret russe.

Vers la fin de la partie, Anou marqua sur une

magnifique échappée après avoir semé facilement les défenseurs adverses, et le gros Normand Saint-Onge marqua à son tour grâce à un tir dévié par le patin d'un défenseur du CSKA. Mais ce ne fut pas suffisant pour permettre aux Carcajous de reprendre le dessus.

La sirène marqua la fin du premier match du tournoi. Le CSKA avait battu les Carcajous 6-3, mais les choses auraient pu être bien pires. Anne-Marie avait fait tellement d'arrêts spectaculaires après sa première tentative désastreuse qu'elle fut proclamée meilleur joueur canadien du match. Elle et Slava Chadrine, évidemment le meilleur joueur du côté russe, reçurent des bannières aux couleurs du tournoi.

Les joueurs des deux équipes se mirent en rang pour se serrer la main. Stéphane était devant Sim, qui se plaignait encore d'un des buts. Sim n'avait certainement pas joué son meilleur match. Quand Stéphane arriva en face de Slava, celui-ci avait la main tendue et souriait de toutes ses dents.

— Beau match, capitaine, dit Slava.

— Toi aussi, dit Stéphane. Il était très flatté qu'un aussi bon joueur l'ait remarqué sur la patinoire. Et qu'il ait noté son « C » de capitaine !

Slava arriva ensuite devant Sim, qui lui tendit la main sans grand enthousiasme. Slava la prit, la secoua vigoureusement et fit un bruit de succion comme pour lui envoyer un baiser.

— Reviens-en ! grogna Sim.

Chapitre 7

Stéphane s'éveilla en sursaut. Il avait rêvé à l'homme à la dent d'or. L'homme avait un revolver et le pourchassait sur une patinoire. Il était avec Sim, et les deux garçons étaient pieds nus. Mais l'homme, lui, avait des patins. Et il levait le bras pour tirer…

Un peu de lumière filtrait par la porte entrouverte de la salle de bains. Il partageait la chambre avec Kling, Lars et Sim. Il distinguait à sa gauche la bosse que formait Kling sous ses couvertures et, plus loin, les draps roulés en boule au bout de son lit, il voyait clairement Lars étendu sur le ventre. C'était donc Sim qui occupait la salle de bains. Stéphane attendit quelques instants, mais il n'entendit pas de bruit. Pas de chuintement d'eau. Rien. Il se rappela que Sim s'était rendu au petit centre commercial près de l'hôtel pendant la soirée. Il avait dit qu'il allait à la pharmacie. Il ne se sentait peut-être pas bien ? Stéphane décida d'aller voir.

Il se glissa hors du lit. Les draps lui collaient à la peau du dos. Il avait dû transpirer. Il avait eu très peur…

— Ça va, Sim? murmura-t-il.

— Ça va! répondit Sim sèchement en claquant la porte.

Stéphane attendit encore un peu. Lars était en train de s'éveiller. Ils devaient partir pour Malmö à neuf heures. Tout le monde devait donc se lever et faire ses bagages. Ils auraient tous besoin de la salle de bains.

Stéphane se dirigea vers la salle de bains, suivi de Lars qui se grattait les côtes, encore tout ensommeillé.

— On peut entrer? demanda Stéphane.

— Pas tout de suite!

Lars bâilla.

— Il n'a pas l'air de bonne humeur…

— Je pense qu'il ne se sent pas très bien.

Encore quelques minutes d'attente, puis Stéphane frappa doucement.

— Ça va, ça va, j'arrive! cria Sim de l'intérieur.

Ils l'entendirent jouer avec le verrou. La porte s'ouvrit… et les deux garçons virent surgir devant eux un personnage qu'ils n'avaient jamais vu de leur vie!

Ils n'avaient certainement jamais rencontré personne avec des cheveux pareils! Des cheveux d'un noir luisant, moulés en pics presque verticaux. Comme des stalagmites dans une caverne sombre. Et encore dégoulinants d'une substance huileuse…

— Sim? fit Lars.

Sous les pics sombres et brillants, un grand sourire s'étirait sur un visage vaguement familier.

— Vous aimez ça? C'est exactement comme Borje Salming, vous pensez pas? Un peu de mousse, un peu de gel suédois; tout ça pour moins de trente couronnes!

Stéphane restait bouche bée. Les cheveux de Sim étaient plutôt… bizarres, c'était le moins qu'on puisse dire. Ils ressemblaient effectivement un peu à ceux de Borje Salming, mais dans une version tout à fait originale.

— Alors? demanda Sim.

Lars s'avança en étouffant un fou rire. Il poussa Sim hors de la salle de bains, ferma la porte et la verrouilla. Il avait besoin d'aller aux toilettes.

— Alors??? demanda à nouveau Sim.

Stéphane ne savait toujours pas quoi dire. Il avala sa salive.

— T'as l'air d'un parfait idiot!

— T'es jaloux, c'est tout, dit Sim, haussant les épaules et repoussant Stéphane pour aller s'habiller.

* * *

La nouvelle coiffure de Sim fut le clou du trajet vers Malmö. Anou riait tellement qu'elle en pleurait. Jean-Louis et Kling se bouchaient le nez, debout derrière le siège de Sim dont les cheveux brillantinés dégageaient une odeur bien particulière.

— Il va falloir percer des trous dans son casque, fit Max, en secouant la tête.

Toute l'équipe avait pris place dans un autocar à deux étages par ce beau matin de mars. Il faisait froid, mais les chauds rayons du soleil réchauffèrent vite l'intérieur du véhicule. Certains des sièges étaient disposés autour de petites tables de jeu munies de porte-verres. Quelques-uns des membres de l'équipe entamèrent donc une partie de dame de pique en buvant du Coca-Cola.

Après avoir longé la côte vers le sud, l'autocar bifurqua vers l'intérieur des terres, sur de belles routes traversant le sud de la Suède. Dehors, tout était gelé, mais ils étaient bien au chaud à l'intérieur. Stéphane enleva son manteau et le roula en boule sous sa fenêtre, puis il se retourna pour regarder le paysage. L'autocar roulait à travers la campagne, et les lacs gelés se succédaient sous les yeux de Stéphane. Par endroits, des gens pêchaient sous la glace, leur voiture garée non loin d'eux. Stéphane vit aussi plusieurs saunas au bord des lacs, parfois surmontés d'une colonne de vapeur. Il crut même voir un homme, une femme et un enfant complètement nus se rouler dans la neige à côté d'un de ces bâtiments, mais il ne dit rien.

Il ne voulait surtout pas que Sim demande au chauffeur de s'arrêter pour lui permettre de prendre des photos.

— CARACAJAS! CARACAJOUS!

L'autocar n'avait même pas dépassé la gare de Malmö, en route vers l'hôtel, que Sim était déjà à l'avant du véhicule. Ils tournèrent à gauche, puis à droite, et se retrouvèrent finalement dans une rue tellement étroite que Stéphane eut presque peur que l'autocar reste coincé entre les murs des maisons dressées des deux côtés. Ils étaient arrivés à l'hôtel Master Johan, où ils allaient passer les quatre nuits suivantes.

— À ta place, Simard! ordonna Max, assis juste derrière le chauffeur.

En vain. Sim avait dévalé les marches et attendait que le chauffeur ouvre la porte de l'autocar. Dehors, plusieurs jeunes de Malmö couraient derrière le lourd véhicule pour essayer de le rattraper, Annika en tête.

— CARACAJAS! CARACAJOUS! cria Annika.

— Sim a trouvé la femme de sa vie! s'exclama Lars. Tout le monde se mit à rire.

Les Carcajous sortirent de l'autocar. Ils étaient fatigués et ankylosés. Anou et Dimitri couraient sur place pour essayer de se dégourdir les jambes. Sim tapait dans les mains d'Annika et de ses amis, comme un ambassadeur en visite.

— *Gillar du hans hår?* («Comment trouves-tu ses cheveux?»), demanda Lars à Annika.

— *Häftigt!* («C'est stupéfiant!»)

L'équipe de Malmö avait déjà battu l'équipe allemande et comptait bien assister au match des Carcajous contre la Finlande.

— On va aller encourager le Canada, dit Annika à Sim.

Le Canada? Stéphane n'avait jamais vu les choses sous cet angle. Pour lui, ils étaient les Carcajous, tout simplement. Mais, pour ces jeunes, ils étaient l'Équipe Canada — exactement comme celles pour lesquelles avaient joué Kariya, Gretzky, et même Paul Henderson. Ils représentaient leur pays. Stéphane fut envahi par une immense fierté. Et prit soudain conscience de ses responsabilités.

Ses lourdes responsabilités de capitaine de l'équipe canadienne.

CHAPITRE 8

L'hôtel Master Johan était parfait. Les chambres étaient immenses, et des lits pliants y avaient été ajoutés pour que quatre ou cinq joueurs puissent y loger. Stéphane et la plupart des autres Carcajous n'avaient jamais séjourné dans un hôtel aussi chic, avec ses lavabos de marbre, ses moquettes moelleuses et son immense jardin couvert où on servait le petit déjeuner.

Ils dormirent comme des loirs — pas de cauchemars pour Stéphane cette nuit-là! — et eurent quartier libre pour l'avant-midi. La plupart des parents avaient opté pour les magasins ou le musée. Quelques-unes des mères avaient même décidé de prendre l'aéroglisseur pour aller passer la journée à magasiner à Copenhague, au Danemark, de l'autre côté du détroit. Pour les gens de Malmö, il ne semblait pas plus inusité de traverser un bras de mer pour se rendre dans un autre pays que de prendre la voiture pour aller au centre commercial.

— Il y a un château à environ cinq minutes d'ici, annonça M. Johanssen.

— Un château! s'écria Kling.

M. Johanssen se mit à rire.

— On est en Europe, ici, jeune homme. Des châteaux, il y en a partout. Celui-ci a plus de cinq cents ans, et il a déjà servi de prison.

— Est-ce qu'il y a des gens qui y ont été torturés?

— Je n'en sais rien, répondit M. Johanssen. Certains prisonniers y ont été exécutés, en tout cas, mais ça fait très, très longtemps.

— Il faut y aller! Il faut y aller! cria Kling.

Tout le monde n'était pas de cet avis. Plusieurs des Carcajous allaient magasiner avec leurs parents. Sim tenait absolument à rencontrer Annika et ses amis au McDonald. Finalement, une demi-douzaine de jeunes se dirigèrent vers le château Malmöhus en compagnie de M. Johanssen: Kling, bien sûr, et aussi Jean-Louis, Normand, Stéphane, Dimitri et Lars.

Le château ne ressemblait pas du tout à celui de Walt Disney, mais il était quand même entouré d'une douve et surplombé de deux tours encore debout. Il semblait vraiment très vieux. Stéphane dépensa deux films complets pour le photographier sous tous ses angles.

M. Johanssen et Lars guidèrent le groupe à travers le château. Certains coins étaient en ruine, mais il était facile d'imaginer ce qui s'était passé autrefois dans ses vastes pièces. Le château avait déjà servi de fabrique de monnaie, de refuge pour les pauvres, de prison — et même d'asile d'aliénés.

On y présentait maintenant des expositions, habituellement d'art. Mais, ce mois-ci, il s'agissait d'une exposition spéciale sur les armes et les armures des Vikings de Norvège et des autres pays scandinaves. Les visiteurs traversèrent de nombreuses salles remplies d'armures de métal brillant, de cottes de mailles, de boucliers, d'épées, de fouets à pointes, de masses et de lances.

— Hollywood a raconté toutes sortes de mensonges dans ses films sur les Vikings, leur expliqua M. Johanssen. La principale arme viking, c'était la lance, pas l'épée.

Mais la salle la plus fascinante était celle où se trouvaient les casques, certains authentiques et d'autres, des répliques qu'ils pouvaient toucher. Il y avait des casques coniques et d'autres qui couvraient toute la tête, avec deux petites fentes seulement pour permettre de voir.

— C'est quand même suffisant pour laisser passer la pointe d'une épée, fit remarquer Kling.

Stéphane eut un frisson.

— Ceci, dit l'un des gardiens du musée en ramassant une réplique d'un magnifique casque arrondi, orné de tiges couvrant chaque oreille et d'une autre protégeant le nez, ceci est un *spangenhelm*. C'est ce que portaient les guerriers vikings.

Il se tourna vers Stéphane en souriant.

— Tu veux l'essayer ?

— Moi ? demanda Stéphane.

— Oui, bien sûr, vas-y.

Sous les rires des autres, Stéphane prit l'énorme casque. Il pesait à peu près trois fois plus lourd qu'il l'avait cru !

— Attention ! avertit le gardien en riant. Ne le laisse pas tomber !

Avec l'aide du gardien, Stéphane se coiffa du lourd casque. Il avait du mal à garder la tête droite ! Comment pouvait-on marcher avec un tel poids sur la tête ? Sans parler de se battre…

— Aimerais-tu jouer au hockey avec un casque comme celui-là ? demanda M. Johanssen.

— Jamais de la vie ! s'écria Stéphane.

Le gardien aida Stéphane à enlever le casque qu'il replaça sur la tablette où il était exposé, et les visiteurs se dirigèrent vers un autre secteur où ils admirèrent encore d'autres armes.

— Où est-ce que les prisonniers étaient exécutés ? demanda Kling.

— Je peux vous montrer l'endroit, dit M. Johanssen en souriant, tout en les menant vers la cour intérieure.

— Laissez-moi vous raconter un incident qui s'est produit ici même le 19 septembre 1837, fit M. Johanssen.

Stéphane se mit à calculer combien d'années s'étaient écoulées depuis.

— Hans Canon, qui était gouverneur de la prison à l'époque, était un homme dur et cruel. Il faisait flageller ses prisonniers pour un oui ou pour un non.

— Flageller? Qu'est-ce que ça veut dire?

— Ça veut dire qu'il les faisait fouetter. On leur enlevait leur chemise et on leur frappait le dos avec des lanières de cuir jusqu'à leur déchirer la peau. Parfois, ils mouraient au bout de leur sang.

— Cool! fit Kling.

— T'es malade? gémit Stéphane.

— Il y avait ici deux criminels particulièrement endurcis à ce moment-là, Karlqvist et Wahlgren. Le gouverneur les détestait tous les deux, mais surtout Karlqvist, qui avait les cheveux longs et qui était plutôt fort en gueule. Un jour, le gouverneur en a eu assez du comportement de Karlqvist, alors il est venu le chercher ici, l'a fait traîner à l'intérieur, l'a attaché à une chaise et lui a coupé les cheveux. Je suppose qu'il n'était pas doué pour la coiffure parce que, quand Karlqvist est ressorti dans la cour, tous les autres prisonniers se sont moqués de lui. Mais le gouverneur Canon a fait l'erreur de venir parader dans la cour. Wahlgren et son ami avaient des couteaux, et ils ont attaqué le gouverneur à l'endroit même où vous vous trouvez.

Stéphane baissa les yeux sur les vieux pavés de la cour. Il eut une vision très claire des deux hommes en train de poignarder le gouverneur. Il frissonna.

— Est-ce qu'il y a eu du sang? demanda Kling.

— Beaucoup de sang! répondit M. Johanssen avec un petit rire bref. Le gouverneur a succombé à ses blessures.

— Et qu'est-ce qui est arrivé aux deux hommes? demanda Normand.

— Ils ont eu la tête tranchée.

— Ici? demanda Kling.

— Ici même.

— Complètement tranchée?

— Complètement.

Kling regarda le sol comme s'il avait été encore rouge de sang. Il fit un pas de côté, précautionneusement. On aurait dit qu'il avait peur de trébucher sur une tête ensanglantée roulant sur les pavés…

— Tout ça pour une histoire de cheveux? demanda Kling.

— Tout ça pour une histoire de cheveux, fit M. Johanssen. Sim a bien de la chance de vivre aujourd'hui plutôt qu'à cette époque-là!

CHAPITRE 9

L e stade de Malmö ressemblait beaucoup plus aux arénas canadiens que l'étrange « balle de golf » du Globen Arena, à Stockholm. Mais le casse-croûte était vraiment impressionnant! Les Carcajous, qui devaient habituellement se contenter de distributrices de boissons gazeuses — ou de rien du tout! —, n'en revenaient pas de voir qu'on y vendait de la crème glacée et que les parents et les joueurs plus âgés pouvaient même y acheter de la bière.

Les Carcajous devaient affronter l'équipe finlandaise de Tampere, qui avait déjà battu l'une des équipes suédoises. D'après la rumeur, ces Finlandais étaient presque aussi bons que les Russes. Mais ce n'étaient pas leur coup de patin ou la force de leurs tirs qui épataient les Carcajous pendant la période de réchauffement, c'étaient leurs allures d'hommes-sandwiches.

Les joueurs de Tampere portaient des chandails et des bas bleus, avec des pantalons rouges, mais le bleu de leurs chandails disparaissait presque entièrement sous les annonces d'huile à moteur, d'ordinateurs, de chaînes stéréo, et même d'une banque.

— Ça doit les ralentir, toutes ces annonces, constata Kling, qui tournoyait avec Stéphane autour de la ligne bleue tout en suivant d'un œil soucieux les tirs décochés par les joueurs de Tampere.

Stéphane eut un petit rire. Mais Kling avait peut-être raison. Ils ne semblaient pas aussi rapides que les Russes. En tout cas, il n'y en avait aucun qui patinait comme Slava Chadrine.

L'aréna lui-même ressemblait à un gigantesque panneau publicitaire. La bande était couverte de slogans d'un bout à l'autre. Et des bannières pendaient du plafond bas, faisant la promotion des lignes aériennes SAS, de Volvo, de Burger King…

— Quand on va rentrer chez nous, je vais vendre mon corps, moi aussi.

Stéphane se retourna, surpris. C'était Sim.

— Comment ça, vendre ton corps? demanda Stéphane.

— Je vais louer mon uniforme. À McDonald, à Nintendo, à Nike — au plus offrant, quoi!

— Ils ne te laisseront pas faire.

— Qu'est-ce que ça peut leur faire? Je pourrais peut-être faire peindre le mot «Coke» en grosses lettres sur mon casque. Qu'est-ce que t'en penses?

— T'es débile!

Juste au moment où la période de réchauffement

tirait à sa fin, Stéphane feinta pour attirer Germain hors de son but et exécuta un tir du revers qui envoya la rondelle rebondir sur la barre horizontale. Il entendit les hourras de ses coéquipiers. « C'est bizarre, pensa-t-il. Pendant les matches, ce sont les buts qui comptent; mais à l'entraînement et pendant les réchauffements, ce qui est important, c'est de toucher la barre horizontale. » Il avait réussi. Il était certain de jouer un bon match.

Les Finlandais contrôlaient bien la rondelle et semblaient plus à l'aise que les Canadiens sur la grande patinoire, surtout les défenseurs. Les Carcajous tirèrent cependant le meilleur parti de toutes les occasions. Normand Saint-Onge fut le premier à marquer, sur un puissant tir voilé, mais les Finlandais égalisèrent le compte à la fin de la première période après avoir pris Sim en défaut complètement hors position.

Quand la cloche retentit pour marquer la fin de la période, Stéphane jeta un coup d'œil à la foule en se dirigeant vers le vestiaire. Il savait qu'Annika était là — elle avait lancé son stupide cri chaque fois que Sim touchait à la rondelle —, mais il n'avait pas vu l'équipe de Slava arriver. Les Russes étaient justement en train de prendre place derrière le banc des Carcajous, tous vêtus de leur veste d'un rouge éteint, assis sagement comme s'ils étaient à l'école. D'ailleurs, ils l'étaient probablement d'une certaine façon, pensa Stéphane ; ils étaient là pour étudier leurs adversaires.

Les deux hommes qu'il avait vus à la porte du vestiaire de l'équipe russe étaient assis juste derrière Slava. Ils semblaient s'être placés là exprès, pour surveiller les alentours. L'homme à la dent d'or n'était pas là.

Max ne semblait pas particulièrement heureux de la marque de 1-1.

— Simard, commença-t-il, aurais-tu l'obligeance de m'expliquer ce que ça veut dire, « faire circuler la rondelle » ?

Sim ne leva même pas les yeux. Il était assis en boule sur le banc de bois, les bras croisés entre la poitrine et les genoux. Il répondit sans cesser de fixer le sol.

— Les trois avants jouent avec la rondelle dans le même coin. Chacun l'envoie par l'arrière en décrivant des cercles et bloque son couvreur. S'il y a une bonne ouverture, le joueur qui ramasse la rondelle se dégage pour tirer.

— Alors, est-ce que tu as vu un jeu de ce genre-là aujourd'hui ?

— Oui.

— Et est-ce que ça a marché ?

— Oui.

— Ça a marché parce que tu es tombé dans le piège. Si tu ne mords pas, ils ne peuvent pas te bloquer. Et s'ils ne peuvent pas te bloquer, ils ne peuvent pas se dégager.

— Je pensais que j'avais une chance.

— Justement. Tu pensais en avoir une, mais tu n'en avais pas. Et on s'est fait marquer un but parce que tu es tombé dans leur piège.

Sim ne dit rien. Il le savait.

Max n'avait que quelques mots à dire aux autres.

— Vous êtes ici pour jouer au hockey, pas pour faire du tourisme. Si vous voulez prendre des photos, attendez de ne plus être en uniforme. C'est compris ?

La situation changea du tout au tout durant la deuxième période. Pas seulement le déroulement du match, mais le niveau de décibels. Les acclamations d'Annika étaient maintenant complètement étouffées par les sifflements et les cris des Russes — qui entonnèrent même une chanson à un certain moment — assis derrière le banc des Carcajous.

— Comment se fait-il qu'ils soient avec nous ? demanda Stéphane à Dimitri qui attendait son tour sur le banc avec lui.

Dimitri sourit.

— Je pensais qu'ils étaient avec moi…

Cette fois, Sim laissa les Finlandais jouer avec le disque autant qu'ils le voulaient. Il garda sa position et se contenta de foncer dans tous les joueurs qui osèrent sortir des coins avec la rondelle pour l'affronter à un contre un. Lorsqu'il voyait qu'il était possible d'aller chercher la rondelle, il s'occupait du joueur adverse et laissait la rondelle à l'avant qui arrivait. Les Finlandais n'eurent plus aucune bonne chance de marquer.

Anou donna l'avance aux Carcajous grâce à une magnifique échappée à deux contre un avec Dimitri. Elle laissa Dimitri s'élancer vers le but, mais plutôt que de lui faire une passe, elle ralentit et passa devant le filet. Le seul défenseur qui était en position suivit Dimitri, et le gardien dut se déplacer avec Anou. Une fois qu'elle l'eut forcé à la suivre, elle décocha un solide tir du revers qui rasa la glace et rebondit sur le poteau opposé avant de glisser sans encombre dans le but.

Les Finlandais retirèrent leur gardien pour la dernière minute de jeu. Stéphane tenta d'arrêter un tir de la ligne bleue, mais il ne se laissa pas tomber assez vite. Son hésitation ne porta heureusement pas à conséquence parce que le tir aboutit complètement à côté du but, mais Stéphane savait qu'il avait trop attendu. Aux yeux des autres, il semblait avoir fait de son mieux, mais il savait, lui, que ce n'était pas vrai. Il avait hésité et, une fois par terre, il avait gardé les yeux fermés. Il avait eu peur de la rondelle.

Lars mit fin à la tension en tirant de loin vers le filet désert des Finlandais, avec tout juste assez de puissance pour que la rondelle franchisse la ligne du but.

Les Carcajous avaient donc une fiche d'une victoire et une défaite dans le tournoi.

Il leur restait une chance.

CHAPITRE 10

Le téléphone sonna dans la chambre des garçons au Master Johan. Sim, qui était en train de far-fouiller dans le téléviseur pour essayer d'en débrouiller la réception dans l'espoir de pouvoir regarder gratuitement des films pour adultes — « Ce sont les Suédois qui ont inventé le sexe, après tout! » s'était-il exclamé —, lâcha les fils qu'il avait décrochés et roula jusqu'à l'autre bout du lit pour répondre au téléphone, l'air dépité.

— Quoi? grogna-t-il dans le combiné. Ses tra-vaux d'électronicien ne fonctionnaient pas comme prévu, et il commençait à se sentir frustré.

Sim tendit l'appareil à Stéphane.

— C'est pour toi.

— C'est qui?

— Dis donc, tu me prends pour ta secrétaire?

C'était Dimitri. Il demandait à Stéphane de venir le rencontrer immédiatement près de l'ascen-seur du cinquième étage. Il ne pouvait pas expliquer pourquoi. Il voulait aussi que Stéphane amène Sim et Lars, mais il n'en dit pas plus.

Sim accepta à contrecœur. Il était sur le point, disait-il, de résoudre le problème. Stéphane jeta un coup d'œil à l'arrière du téléviseur. Il y avait des fils qui pendaient de partout. Il espérait seulement que Sim serait capable de tout remettre en place.

Dimitri les attendait près de l'ascenseur.

— Slava m'a téléphoné, annonça-t-il. Il veut qu'on sorte ensemble.

— Parfait, fit Stéphane. Où est-ce qu'on va?

— Chez McDonald. Il veut simplement sortir un peu.

— Alors, pourquoi tout ce secret? demanda Sim.

— Ils ne veulent pas le laisser sortir. Ses deux gardes du corps le couvent comme de vraies mères poules.

— Je pensais qu'il y en avait trois, dit Stéphane.

Dimitri regarda Stéphane d'un air interrogateur.

— Il m'a dit qu'il y en avait deux.

— Mais j'en ai aperçu un troisième, dit Stéphane, revoyant en esprit l'homme à la dent d'or.

— Deux ou trois, qu'importe. Il veut seulement prendre l'air. Et il veut qu'on amène Anou, si possible.

— J'ai rendez-vous avec Annika, fit remarquer Sim.

— Un rendez-vous galant? demanda Lars.

— Ben, disons que je suis censé aller la rencontrer.

— Où ça?

— Chez McDonald aussi. Un peu plus tard.

— Alors, on va tous se retrouver là, conclut Dimitri.

— Appelle Slava, dit Stéphane.

— Ce n'est pas si simple, fit remarquer Dimitri. Il faut le faire sortir d'ici.

— Comment ça?

— Ses gardes du corps ne veulent pas le laisser sortir. Tout ce qu'il fait dans la vie, c'est jouer au hockey.

— C'est une belle vie, ça! fit Sim.

— Il veut simplement être un jeune comme les autres, dit Dimitri. Lars, il faut que tu ailles téléphoner pour demander à un des gardes du corps de descendre à la réception. Slava dit qu'il peut s'arranger avec l'autre.

— Mais il va s'attirer des ennuis…, avança Lars.

— Si un d'entre nous faisait une chose pareille, Max lui ferait passer au moins un match sur le banc, fit remarquer Stéphane.

Dimitri secoua la tête.

— Ben voyons! Slava est le meilleur joueur de toute la Russie. C'est pas lui qui va avoir des ennuis. C'est eux.

— Qui ça, eux?

— Les gars qui sont chargés de le surveiller.

Les trois amis se dirigèrent vers l'un des téléphones intérieurs. Dimitri composa le numéro et tendit le combiné à Lars. Les garçons entendirent un déclic, puis la voix éteinte d'un homme. Lars lui dit quelques mots en suédois. De toute évidence, l'homme avait compris. Lars avait pris une voix grave et, même si ses amis ne comprenaient pas ce qu'il disait, ils distinguaient très bien son ton autoritaire. L'homme criait à l'autre bout du fil ; il avait l'air très mécontent. Lars lui dit encore quelques mots, très calmement, et raccrocha.

— Ça a marché ? demanda Dimitri.

— Je pense que oui. Il devrait être en train de descendre à la réception.

— Qu'est-ce que tu lui as dit ? demanda Stéphane.

— C'est Sim qui m'a donné l'idée, fit Lars en souriant. Je lui ai dit que ses joueurs avaient joué avec les téléviseurs et que j'allais lui faire payer 340 couronnes pour les films qu'ils avaient regardés. Il s'est fâché, alors je lui ai dit que, s'il voulait discuter de l'affaire, il devait aller rencontrer le gérant.

— Brillant ! jubila Dimitri en claquant des doigts.

Ils appelèrent à la chambre d'Anou. Elle était enchantée d'être invitée. Ils tombèrent ensuite sur Kling et tentèrent de l'emmener avec eux, mais il pensait avoir attrapé un mauvais rhume et ne voulait pas sortir. Il leur demanda de lui rapporter des frites.

— Donnez-moi une seconde ! cria Sim à la dernière minute.

Il se précipita dans sa chambre et réapparut

quelques instants plus tard à la porte de l'ascenseur. Il avait restructuré sa coiffure, et ses cheveux resplendissaient de mousse et de gel. Il sentait le désodorisant à toilettes…

Ils rencontrèrent Anou dans le hall et sortirent tous ensemble. Ils contournèrent l'hôtel et se retrouvèrent dans la rue à l'arrière du bâtiment, où ils avaient convenu d'attendre Slava. Plusieurs minutes s'écoulèrent. Ils avaient presque perdu espoir quand la porte arrière de l'hôtel s'ouvrit pour laisser passer un jeune garçon mince en manteau rouge, la casquette tirée au ras des yeux.

C'était Slava. Il courut vers ses nouveaux amis en criant quelque chose à Dimitri.

Dimitri se mit à rire.

— Il a enfermé le gars dans les toilettes en coinçant un bâton de hockey sous la poignée !

Slava serra la main à Anou, dans un geste qui parut fort cérémonieux aux jeunes Nord-Américains ! Anou eut un petit rire ; elle semblait flattée, charmée par les manières à l'ancienne de Slava.

— Allons-y, proposa Sim.

Ils se dirigèrent vers le McDonald. En ce début de printemps, le temps était plutôt maussade. Les nuages bas recouvraient la ville d'une épaisse couverture grise.

Au premier coin de rue, il y avait des feux de circulation. Un petit pont jeté au-dessus d'un canal étroit permettait d'accéder au parc où s'élevait le vieux château. Tout était calme, et il n'y avait pas grand monde. Ils commencèrent à se détendre un peu lorsqu'ils atteignirent le pont.

— CARACAJAS! CARACAJOUS! cria Sim.

Pas de réponse… Annika ne devait pas être à portée de voix.

Stéphane se sentait un peu inquiet, mais les autres semblaient tout à fait à l'aise. Slava et Anou marchaient ensemble en silence. Sim répétait sans cesse son cri. S'il était à ce point excité maintenant, qu'est-ce que ce serait quand ils arriveraient chez McDonald?

Stéphane eut bientôt l'impression qu'il y avait quelque chose qui clochait. Une voiture s'était arrêtée à l'autre bout du pont. Elle avait dû glisser sur une plaque de glace parce qu'elle était de travers sur la chaussée et leur barrait la route. Deux hommes en sortirent.

Stéphane regarda derrière lui pour voir s'il y avait des véhicules qui arrivaient de l'autre côté. Il vit une fourgonnette sombre, placée elle aussi en travers de la rue! Un autre homme en descendit.

L'homme à la dent d'or!

— Attention! hurla Stéphane.

Trop tard. Les autres avaient remarqué le manège eux aussi et ils étaient prêts à s'élancer… Mais ils étaient pris au piège. La voiture leur barrait la route au bout du pont, et la fourgonnette les empêchait de battre en retraite de l'autre côté.

Le moyen le plus rapide de sortir de là était de revenir sur leurs pas et de tenter leur chance avec l'homme à la dent d'or. Mais, quand Lars et Stéphane se mirent à courir dans sa direction, ils le virent glisser la main derrière un pan de son manteau.

Il avait un revolver !

— Sauvez-vous ! cria Dimitri. C'est eux !

Personne n'eut besoin d'expliquer de qui il voulait parler. La mafia russe tentait le coup !!!

Les cinq amis se mirent à tourner en rond frénétiquement, se demandant vers quel côté se diriger. Stéphane aperçut le visage de Sim ; il était rouge comme une tomate, absolument terrifié.

Les deux autres hommes couraient maintenant vers eux.

— C'est Slava qu'ils veulent ! cria Dimitri. Faut pas le lâcher !

— Agrippez-le ! lança Anou.

Elle se jeta sur Slava juste au moment où les deux premiers hommes arrivaient. L'un d'eux attrapa Slava par le bras et tira très fort, mais Dimitri avait saisi lui aussi son cousin à bras-le-corps et s'accrochait désespérément à lui. L'homme tira encore, plus fort.

Stéphane devait absolument faire quelque chose ! Il était mort de peur, mais il devait intervenir. Il s'empara des jambes de Slava et l'immobilisa complètement.

— Lâchez pas !!! hurla Dimitri.

Stéphane reçut un coup de botte sur le côté de la

tête. Il perçut un éclair aveuglant, comme si la foudre lui était tombée à l'intérieur de la tête. La douleur était intolérable, mais il tint bon. Il n'allait pas se laisser intimider !

Il sentit alors un énorme poids lui tomber sur le dos. De son œil intact, il s'aperçut que c'était Sim. Son ami s'était jeté dans la bataille lui aussi, mais plutôt que de saisir les jambes de Slava à son tour, il avait visé le pied qui avait frappé Stéphane. C'était l'homme à la dent d'or ! L'homme s'écroula avec fracas et son revolver tomba sur la chaussée.

PAN !

Le coup de feu claqua dans un bruit sinistre, suivi immédiatement d'un silence irréel. Le temps sembla s'arrêter. Personne ne bougea.

Ensuite, Stéphane leva les yeux. L'homme à la dent d'or avait récupéré son revolver et l'agitait dans leur direction. Il semblait hors de lui.

— Debout ! aboya-t-il en russe.

— Levez-vous tous lentement, traduisit Dimitri.

Les Carcajous se levèrent précautionneusement. Stéphane avait horriblement mal à la tête. Il crut qu'il allait tomber dans les pommes. Allait-il se faire tirer dessus ? Slava allait-il se faire tuer ?

— Avancez !

— Il veut qu'on monte tous dans la fourgonnette, dit Dimitri.

« Tout le monde ? Pourquoi ? » se demanda Stéphane. Mais il savait que ce n'était pas le moment de lever la main pour poser la question. Ils n'étaient pas en classe, tout de même!

Les trois ravisseurs poussèrent rapidement les cinq amis vers la fourgonnette garée à l'entrée du pont. Stéphane tendit l'oreille, espérant distinguer des bruits de sirènes. Quelqu'un avait pourtant dû entendre le coup de feu.

Les hommes ouvrirent les portières arrière de la fourgonnette et y poussèrent leurs prisonniers sans ménagement. Stéphane se cogna à nouveau la tête, cette fois contre le genou de Sim.

Il avait la nausée. La fourgonnette sentait le tabac froid… et les cheveux de Sim!

Anou fut projetée sur lui, puis Slava et Dimitri. Stéphane réussit enfin à s'asseoir et aperçut Slava.

Il était blanc comme un drap.

— Allez! Dépêchez-vous! cria en russe l'homme à la dent d'or.

Les roues de la fourgonnette patinèrent un peu dans la neige légère, et l'arrière se mit à zigzaguer lorsque le véhicule fit demi-tour dans la rue tranquille avant de repartir à vive allure. Les Russes avaient abandonné la voiture à l'autre bout du pont, où elle barrait encore la route.

L'homme à la dent d'or se retourna et leur frappa la tête du revers de la main.

— Baissez-vous! aboya-t-il.

— Baissez-vous, traduisit Dimitri, tout en poussant Slava et Anou par-dessus les deux autres.

Une lourde couverture, lancée du siège avant, s'abattit sur eux.

Les éclairs aveuglants qui dansaient dans la tête de Stéphane firent place à l'obscurité.

CHAPITRE 11

M ax et M. Blackburn attendaient l'ascenseur dans le hall d'entrée du Master Johan. Quand la porte s'ouvrit, ils faillirent se faire piétiner par l'entraîneur du CSKA et les deux gardes du corps qui sortaient de l'ascenseur. L'entraîneur avait l'air furieux, et les gardes du corps semblaient inquiets. Ils ne dirent même pas bonjour aux deux Canadiens.

M. Blackburn ouvrit des yeux étonnés et se tourna vers Max.

— Grands dieux! Qu'est-ce qui se passe?

Mais avant même que Max puisse ouvrir la bouche pour répondre, ils virent M. Johanssen qui s'engouffrait dans la porte tournante de l'entrée. Il avait l'air très préoccupé. Un hurlement de sirènes emplit momentanément le hall.

— Il y a eu un coup de feu! lança M. Johanssen au préposé à la réception en se précipitant vers l'ascenseur.

— Mais qu'est-ce qui se passe, pour l'amour du ciel? lui cria M. Blackburn.

— Quelqu'un a entendu un coup de feu derrière l'hôtel.

Max se remit en marche vers l'ascenseur.

— Je ferais mieux d'aller voir si tous les membres de l'équipe sont en sécurité.

* * *

Stéphane eut l'impression d'entendre un chien aboyer. Et, au loin, un bruit de sirènes. Les sirènes suédoises n'étaient pas comme celles du Canada — on aurait dit quelqu'un qui haletait —, mais c'étaient bel et bien des sirènes. Il n'y avait pas à s'y tromper. Il espérait que c'était la police. Quelqu'un devait avoir entendu le coup de feu.

Stéphane n'avait aucune idée du temps qui s'était écoulé depuis leur départ de l'hôtel. Une heure? Deux heures? Max devait se demander où ils étaient. Et les Russes avaient certainement dû paniquer en découvrant que Slava avait disparu. Même Kling devait trouver que ses frites n'arrivaient pas vite…

Stéphane n'avait aucune idée non plus de l'endroit où ils se trouvaient. Il n'avait rien vu pendant le trajet, couché à l'arrière de la fourgonnette, et les hommes leur avaient laissé la couverture sur la tête lorsqu'ils les avaient transférés sans ménagement dans cette salle. Il sentait de la fumée; il y avait quelque chose qui brûlait. Il était étendu sur le côté et avait du mal à voir. Son œil droit était tellement enflé qu'il pouvait à peine l'ouvrir.

Le sol était très dur. Plus dur que le bois. Et froid. L'air avait une odeur particulière; on aurait dit des relents de moisi, un peu comme le jardin au printemps quand la neige venait de fondre et que sa mère retournait la terre. Il faisait frais et humide, comme dans une cave.

Stéphane aurait voulu se retourner, mais il en était incapable. Il avait les mains attachées derrière le dos. Il secoua la couverture que l'un des ravisseurs avait jetée sur lui et cligna des yeux dans l'obscurité. Il y avait une lumière quelque part derrière lui, dont il apercevait le pâle reflet sur le mur. Il crut distinguer le contour de grosses pierres. Un mur de pierres… Il grelottait de froid.

Il réussit tant bien que mal à s'asseoir. Il aperçut Anou, assise elle aussi, mais dos au mur de pierres. Il ne voyait pas ses mains. Il constata toutefois que Dimitri et Slava avaient eux aussi les mains liées derrière le dos, et il capta le regard de Dimitri. Son ami l'avertissait silencieusement de rester tranquille. Il secouait la tête doucement, pointant le regard vers quelque chose qui se trouvait derrière Stéphane.

Stéphane se retourna lentement. Il vit Sim adossé au mur. Il avait les yeux fermés et il tremblait, mais Stéphane n'aurait pas pu dire si c'était parce qu'il avait froid ou parce qu'il pleurait en silence.

Stéphane réussit à tourner la tête suffisamment

pour distinguer ce que Dimitri lui désignait. Deux de leurs ravisseurs — dont l'homme à la dent d'or — se trouvaient dans la pièce avec eux. Ils fumaient, mais ce n'était pas l'odeur de leurs cigarettes qui avait frappé Stéphane. Ils étaient blottis près d'un petit réchaud à pétrole, un réchaud de camping comme celui du père de Stéphane, qui dégageait un peu de chaleur. Mais c'était loin d'être suffisant pour réchauffer la pièce. C'était donc ça, l'odeur que Stéphane avait sentie !

Les deux hommes discutaient à voix très basse, en russe. L'homme à la dent d'or semblait en colère, et très préoccupé.

Stéphane fut tout étonné d'entendre Dimitri chuchoter.

— Parle tout bas. Ces deux-là ne comprennent pas le français.

Stéphane se retourna.

— Penses-tu qu'ils font vraiment partie de la mafia ?

— J'imagine. On savait qu'ils voulaient Slava… mais eux, ils ne s'attendaient sûrement pas à nous avoir aussi sur les bras !

Sim avait levé les yeux. Son murmure était plutôt un sifflement, un peu trop fort, et rempli de crainte.

— Où est-ce qu'on est ?

L'un des hommes lui cria de se taire.

Les Russes parlaient maintenant très vite, de plus en plus en colère. Dimitri et Slava les surveillaient en essayant de distinguer leurs paroles et de déchiffrer leurs expressions. Dimitri semblait de plus en plus inquiet.

Stéphane se décida à lui demander dans un souffle :

— Pourquoi est-ce qu'ils se disputent ?

Dimitri lui fit un clin d'œil.

— Nous !

— Comment ça ? siffla Sim.

— Chut !

L'homme à la dent d'or se leva et donna brutalement un coup de pied à la couverture dans laquelle il s'était pris le pied. Il se retourna vers les jeunes, l'air féroce. Stéphane n'avait jamais vu une telle haine dans les yeux de quelqu'un. Il frissonna — et ce n'était pas de froid, cette fois…

L'homme à la dent d'or se précipita soudain hors de la salle, en soulevant une solide planche de bois qui maintenait la vieille porte fermée. Il claqua la porte en sortant.

Le deuxième homme leva les yeux un instant, puis se remit à manger le pain et le fromage qu'il avait sortis d'un sac. Il avait aussi de la bière et, quand il en ouvrit une bouteille, l'odeur caractéristique se répandit dans la pièce humide.

Pendant un bon bout de temps, personne n'osa parler. L'homme mangeait tout en grommelant. Il s'entoura les épaules d'une couverture et s'ouvrit une autre bière. Il remplit ensuite de pétrole le petit réchaud et le ralluma, le réglant au plus chaud.

Dimitri lui adressa soudain la parole en russe.

— Pourriez-vous, s'il vous plaît, accrocher une de vos couvertures devant cette fenêtre? On gèle!

— Ta gueule! répondit l'homme.

Il continua à tripoter le réchaud encore un moment, puis regarda Dimitri avec un sourire mauvais. Le garçon lui avait donné une idée…

Il rassembla plusieurs des vieilles couvertures qui traînaient et en fixa une devant la fenêtre en plantant un clou de chaque côté.

— Merci, mon dieu! murmura Anou.

Mais l'homme ne pensait qu'à lui. Il se dirigea vers un coin de la pièce et se fabriqua une tente rudimentaire avec les couvertures, qu'il étendit au-dessus d'une chaise, d'un tabouret et d'un vieux coffre. Il y transporta ensuite son réchaud et sa bière. Avec un sourire triomphant à l'adresse de ses prisonniers frigorifiés, il alla s'installer bien au chaud dans son petit abri personnel.

— Merci bien! siffla Sim, sarcastique.

— Je suis gelée! gémit Anou.

— Non! fit Stéphane. C'est parfait!

— C'est parfait qu'on meure de froid? demanda Sim, incrédule.

Stéphane se hâta de s'expliquer.

— Mon père m'a toujours dit qu'il ne fallait jamais apporter les réchauds de ce genre à l'intérieur d'une tente.

— Pourquoi? demanda Dimitri.

— Parce que ça dégage du monoxyde de carbone.

— Alors? demanda Sim.

— Alors… Il va en mourir, s'il ne nous tue pas avant.

— On va mourir empoisonnés? s'inquiéta Anou.

— Pas nous, dit Stéphane. Il y a trop d'air frais qui entre ici, avec toutes ces fissures. Mais, dans son coin, y en aura pas assez.

— Pourquoi est-ce qu'ils se disputaient? demanda Lars à Dimitri.

Dimitri semblait réticent.

— Ils discutaient, tout simplement.

— Mais qu'est-ce qu'ils ont dit?

— Rien.

Stéphane était sûr que Dimitri leur cachait quelque chose.

— Il faut nous le dire, fit-il.

Dimitri avala sa salive et regarda Slava. Son cousin ne comprenait pas très bien le français, mais il semblait savoir de quoi ils parlaient. Il avait l'air terrifié.

— L'homme à la dent d'or veut se débarrasser de nous, lâcha enfin Dimitri.

Le visage de Sim s'éclaircit.

— Ils vont nous laisser partir? demanda-t-il, plein d'espoir.

— Je ne suis pas sûr que c'est ce qu'il avait en tête…

Dimitri n'en dit pas plus, mais l'imagination de

Stéphane fit le reste : on allait les abattre à coups de pistolet, ou alors les laisser mourir de faim dans ce cachot humide…

Stéphane recommença à sentir une douleur lancinante à la tête et à l'œil.

* * *

Pendant ce temps, la panique s'installait au Master Johan. Les parents, les entraîneurs et les autres joueurs des Carcajous s'étaient rassemblés dans le hall, mais plutôt que de se calmer les uns les autres, ils ne faisaient qu'alimenter leurs peurs mutuelles. Les jeunes, en particulier, imaginaient toutes les catastrophes qui avaient pu frapper leurs amis disparus. Ils avaient peut-être été assassinés ?…

— La police ratisse la ville, leur dit M. Johanssen après avoir parlé à un homme en uniforme. Il est tout à fait impossible que quelqu'un sorte de Malmö avec tous ces jeunes sans se faire remarquer. La police a érigé immédiatement des barrages routiers.

— Est-ce que quelqu'un a téléphoné ? demanda Max.

— Oui. Simplement pour dire qu'ils détenaient Slava.

— Et les Carcajous ?

M. Johanssen avala sa salive.

— Il faut présumer qu'ils sont avec lui.

Max se leva et se dirigea vers la fenêtre. La ville

s'étendait sous ses yeux. Une ville qu'il ne connaissait pas… Il ne s'était jamais senti aussi impuissant.

* * *

Les prisonniers n'avaient aucune idée de l'endroit où pouvait se trouver l'homme à la dent d'or. Il avait dû aller téléphoner pour demander une rançon.

— J'ai tellement faim que je mangerais du boudin, déclara Sim.

Stéphane ne put se retenir de rire.

Une autre bouteille vide tomba par terre et roula sur le sol. Stéphane entendit l'homme roter. Sa respiration se faisait de plus en plus forte, et de moins en moins régulière. Les effets de la bière et du monoxyde de carbone commençaient à se faire sentir.

— Il va perdre conscience! murmura Stéphane à ses amis.

Anou essaya de distinguer ce qui se passait derrière les couvertures suspendues, mais elle pouvait à peine bouger à cause des liens qui lui entravaient les mains et les pieds.

— Chut! murmura-t-elle. Attendons encore un peu…

Ils attendirent. L'homme respirait de plus en plus lentement, de plus en plus profondément. Enfin, il se mit à ronfler.

Anou se tourna sur le côté. Dans la pénombre, Stéphane la vit se tortiller en essayant de se dégager. Il l'entendit étouffer un cri. Inutile d'insister… Elle ne réussissait qu'à se blesser.

— Sim, ordonna Anou. Viens ici, vite !

Sim cligna des yeux.

— Pourquoi ?

— Viens, c'est tout ! Dépêche-toi, l'homme à la dent d'or peut revenir n'importe quand !

Sim grogna mais fit ce qu'Anou lui demandait. Il se laissa tomber sur le côté et roula jusqu'à l'autre bout de la pièce, où se trouvait Anou.

— Je me sens comme un ver de terre ! se lamenta-t-il.

— Mais tu es un ver de terre ! dit Anou. Bon, maintenant, amène tes stupides cheveux par ici pour que je puisse y toucher !

— Quoi ?

— Fais ce que je te dis ! Et vite !

Dès que Sim fut assez près d'elle, Anou lui tourna le dos et se mit à lui frotter les cheveux de ses poignets attachés.

— Aïe ! Ouille ! Tu me fais mal ! se plaignait Sim.

— Tais-toi, Sim ! ordonna Anou. J'ai besoin de ton gel !

C'était donc ça ! Stéphane regarda Anou passer méthodiquement ses poignets sur les cheveux gras de Sim, cherchant à faire pénétrer le gel et la mousse dans les cordes pour les faire glisser plus facilement. Ses poignets allaient et venaient rapidement sur la magnifique coiffure de Sim.

Sim gémissait tout bas.

— Aïe, aïe, aïe ! Ouille, ouille ! Aïe !

Après quelques minutes de ce manège, Anou s'ar-rêta et retint son souffle.

— Je vais essayer, annonça-t-elle.

Elle prit une grande respiration et tira le plus fort possible. Rien... Une autre grande respiration, un nouvel effort... et elle réussit à dégager sa main droite !

— Je suis libre !

Chapitre 12

Les policiers étaient venus au Master Johan avec leurs chiens. Ils leur avaient fait renifler quelques pièces d'équipement de hockey qui appartenaient aux Carcajous disparus, mais les chiens n'avaient flairé aucune piste dans les rues environnantes.

Max était mort d'inquiétude. Tout était de sa faute, clamait-il à qui voulait l'entendre. Il n'aurait jamais dû les laisser sortir seuls… Il n'aurait jamais dû leur permettre de quitter l'hôtel sans l'en informer… Il aurait dû se douter que Dimitri essaierait de rencontrer son cousin Slava…

Les poings serrés au fond de ses poches, il se mordait nerveusement la lèvre inférieure.

— Max? fit une toute petite voix derrière lui.

Il se retourna, surpris. C'était Kling, tout tremblant.

— Je pense que j'ai une idée…

* * *

Anou ne perdit pas de temps. Elle se dégagea les pieds et se hâta de libérer Stéphane. Il l'entendait respirer. On aurait dit qu'elle se retenait pour ne pas pleurer. Dans la pénombre, Stéphane se rendit compte que ses poignets saignaient.

Sans dire un mot, ils se détachèrent rapidement les uns les autres et se dirigèrent à pas de loup vers la tente de fortune érigée dans le coin de la pièce.

Quand Stéphane souleva un coin de la couverture, il perçut une odeur de pétrole et sentit la chaleur lui sauter au visage. Le Russe était étendu sur le dos et respirait très lentement, d'un souffle profond. Il émettait un petit ronflement à chaque longue respiration.

— Il est K.-O.! constata Lars.

Stéphane avança la main vers le réchaud.

— Laisse faire! fit Sim. On n'a pas le temps!

— Il va mourir si on ne lui donne pas d'air frais, dit Stéphane, qui éteignit le réchaud et décrocha les couvertures pour laisser entrer l'air de l'extérieur.

Anou s'affairait déjà autour de l'homme endormi. Elle lui attacha les pieds et les mains avec de la corde. Il ne remua même pas.

Lars sonda la porte. Elle céda légèrement. Il tira plus fort, et elle émit un grincement sinistre.

— Chhhuuuttt! souffla Dimitri.

— Qu'est-ce qu'on fait? demanda Stéphane.

— On fiche le camp! lança Sim.

— Mais si l'homme à la dent d'or revient? s'inquiéta Anou. C'est lui qui veut nous tuer.

Lars ouvrit la porte toute grande.

— C'est bien ce que je pensais, fit-il.

— Quoi ? demanda Sim.

— On est dans le château !

Stéphane jeta un coup d'œil à la ronde. Le château ? Celui qu'ils avaient visité avec le père de Lars ?

— Dans la vieille partie, celle qui servait de prison, indiqua Lars.

Il semblait tout excité, et très sûr de lui.

— La cour est juste là, ajouta-t-il.

La cour ? Là où les deux meurtriers du gouverneur avaient été décapités à cause d'une simple coupe de cheveux ? Stéphane ne put s'empêcher de penser au gouverneur assassiné, dont le sang avait rougi les pierres du dallage…

— Et l'exposition d'armures ? demanda Stéphane, incertain, l'endroit où ils se trouvaient ne ressemblant pas du tout à ce qu'ils avaient vu.

— On est dans la partie la plus ancienne, ici, expliqua Lars. L'exposition doit être… (il se retourna dans le noir, cherchant à s'orienter) … par là !

— Penses-tu qu'il va y avoir quelqu'un ? demanda Anou.

— C'est dimanche. Du moins, je pense, répondit lentement Lars. Le musée est probablement fermé.

— Il faut trouver la cour, dit Stéphane.

— T'as raison, approuva Lars. Si on y arrive, on saura comment sortir d'ici.

— C'est par où ? demanda Sim.

— Par ici, je crois, répondit Lars, se dirigeant vers un corridor obscur.

— T'as intérêt à être sûr! fit Sim d'une voix blanche.

Il faisait sombre, mais pas complètement noir. Il y avait un peu de lumière qui filtrait par les rares fenêtres et les fissures des murs. Cette lumière venait peut-être des voitures qui passaient au dehors. Ou des lampes de poche des gens qui étaient à leur recherche? C'est ce que Stéphane espérait. Il crut entendre un chien aboyer. Et même le stupide cri de ralliement inventé par Sim.

Mais oui! C'était son cri, il en était sûr!

— Caracajas! Caracajous! entendirent-ils à nouveau faiblement, dans le lointain.

— C'est Annika! s'écria Sim.

Ils s'arrêtèrent et écoutèrent attentivement. Le cri retentit une nouvelle fois.

— Soulevez-moi, ordonna Sim.

Ils se trouvaient à côté d'une fenêtre dont le cadre était disjoint. Lars, Dimitri et Slava saisirent Sim par les jambes et le soulevèrent. Il s'accrocha au rebord de la fenêtre et se hissa le plus près possible de la vitre.

— CARACAJAS! CARACAJOUS! lança-t-il à pleins poumons.

Au loin, toujours aussi faiblement, le cri leur revint.

— Caracajas! Caracajous!

— Je pense qu'elle a entendu, jubila Sim.

Il s'apprêtait à lancer un deuxième cri lorsqu'ils entendirent un énorme craquement, suivi d'un fracas de métal. Le son venait du bout du corridor.

— Chut! fit Lars. Les garçons se hâtèrent de faire descendre Sim sans bruit.

Ils entendirent des pas. Quelqu'un avançait rapidement, chaussé de gros souliers.

— C'est l'homme à la dent d'or! dit Stéphane.

Ils tendirent l'oreille. Ils entendirent encore des pas. Puis deux voix. Des Russes! Qui semblaient furieux…

— Ils sont deux! chuchota Sim.

— Qui est l'autre? demanda Anou dans un souffle.

— On dirait le patron de l'homme à la dent d'or, dit Dimitri. Il n'est vraiment pas content. Ils n'arrivent pas à joindre les gens de l'équipe russe. La police encercle l'hôtel. Il reproche à l'homme à la dent d'or de nous avoir mêlés à l'affaire.

— Comment ça?

Dimitri eut un silence.

— Le patron veut nous tuer tous et essayer de faire sortir Slava en douce.

— Pourquoi nous? siffla Sim. C'est pas nous, les futures étoiles de la Ligue nationale!

— Mais on les a vus, expliqua Dimitri. On sait à quoi ils ressemblent.

Sim ne dit pas un mot. Il commençait à se rendre compte qu'ils couraient un grave danger.

— Qu'est-ce qu'on fait ? demanda Anou.

— S'ils parlent comme ça, répondit Lars, ça veut dire qu'ils n'ont pas entendu Sim crier. Ils ne savent pas qu'on est sortis de la salle, là-bas. Il faut les surprendre.

— Qu'est-ce que tu proposes ? demanda Sim, terrifié.

Lars réfléchit longuement.

— Regardez la porte, là-bas. Ils vont sûrement vouloir passer par là. On pourrait peut-être la refermer et la verrouiller pour leur barrer le chemin.

— Ils vont savoir que c'est nous, fit remarquer Stéphane.

— Peut-être. Ou peut-être qu'ils vont penser qu'elle s'est refermée toute seule. Qu'est-ce que ça peut faire, de toute façon ? Il faut absolument les empêcher de passer. L'homme à la dent d'or a un pistolet, vous vous rappelez ?

Sim émit un son bizarre. Pas vraiment un gémissement. Plutôt un vagissement de petit animal…

— Viens ! lança Lars à Stéphane.

Les deux garçons se hâtèrent vers la lourde porte et se mirent à tirer à l'unisson. La porte se referma dans un craquement. Stéphane espérait que les deux hommes étaient encore en train de parler et qu'ils ne l'avaient pas entendu. Lars poussa le verrou.

— Et maintenant ? demanda Anou.

— Je n'en sais rien, admit Lars. Il avait peur, lui aussi.

— La porte va les ralentir seulement une minute, ajouta-t-il.

Que faire? Stéphane avait mal à la tête, et ce n'était pas seulement à cause du coup de botte que lui avait donné l'homme à la dent d'or. Les rouages de son cerveau tournaient à une vitesse folle…

Soudain, il eut une idée! Il ne vit pas vraiment une ampoule s'allumer dans sa tête, mais il eut presque l'impression d'avoir distingué un éclair.

— L'exposition? demanda-t-il, tout excité. Où est-elle?

Lars se retourna.

— Hein?

— L'exposition d'armures? Comment est-ce qu'on se rend jusque-là?

Lars réfléchit un instant.

— Je pense que c'est par là.

— Sim, tu viens avec moi? fit Stéphane sans perdre une seconde.

— Où ç-ç-ça? bégaya Sim.

— T'occupe pas! Viens!

Il se mit à courir dans l'obscurité, avec Sim sur les talons. Ils passèrent devant la salle où ils avaient été enfermés et où — ils l'espéraient du moins — leur geôlier russe était encore inconscient. Ils arrivèrent ensuite à une porte moderne. Son cœur battant la chamade, Stéphane poussa très fort avec son épaule et faillit s'étouffer de joie en sentant la porte céder légèrement. C'était suffisant pour que deux jeunes épaules robustes réussissent ensuite à l'ouvrir complètement. Un verrou et un cadenas bon marché se détachèrent du cadre de porte et tombèrent sur le sol.

Ils étaient entrés!

Quelques lumières avaient été laissées allumées pour des raisons de sécurité. Stéphane espérait qu'ils avaient déclenché un système d'alarme relié au poste de police. Tout ce qui pouvait amener la police ici le plus rapidement possible était une bonne chose pour eux. Ce n'était certainement pas une fausse alerte!

Ils n'étaient pas loin des lances vikings.

— Prends-en quelques-unes! ordonna Stéphane à Sim.

Les mains tremblantes, Sim s'avança vers l'étalage de lances. Elles tombèrent par terre avec fracas, s'empilant comme des bâtons de hockey dans un vestiaire. Il se hâta d'en ramasser deux.

Stéphane se dirigea vers la salle voisine. Il savait exactement ce qu'il voulait.

Le *spangenhelm*!

— Mais qu'est-ce que c'est que ça?

Anou regarda Stéphane avec de grands yeux étonnés. Il lui tendit l'une des lances, tandis que Sim tenait l'autre. Stéphane avait posé le *spangenhelm* sur sa tête. Il avait sûrement l'air idiot! Il avait du mal à garder la tête droite tellement le casque était lourd. Sa tête roulait d'un côté et de l'autre, et les muscles de son cou commençaient à faiblir.

Dimitri et Slava étaient armés eux aussi. Dimitri

avait choisi un fléau d'armes, dont la lourde boule hérissée de clous traînait sur le sol à côté de lui. Slava s'était muni quant à lui d'une énorme masse de fer, tellement lourde qu'il pouvait à peine la soulever.

— Mais qu'est-ce que je suis censé faire avec ça? demanda Dimitri, dubitatif.

Stéphane lui-même n'en était pas certain. Il ne savait pas exactement pourquoi il avait ramassé le casque. Mais il savait qu'ils devaient faire quelque chose — et vite!

Les Russes avaient atteint la porte verrouillée. Ils entendirent l'homme à la dent d'or pousser une exclamation de surprise quand il s'aperçut qu'on leur avait coupé la route vers les cellules de la prison. Ils distinguèrent ensuite un bruit de ferraille pendant que les deux hommes secouaient le verrou, puis des coups sur la porte.

— Ils sont en train de la démolir, fit remarquer Anou.

Stéphane se tourna vers Dimitri et Slava.

— Avancez-vous et cachez-vous dans le noir de chaque côté. Vous allez devoir les faire trébucher.

— Comment? demanda Dimitri.

— Il va falloir leur lancer vos armes entre les jambes, le plus fort possible, déclara Stéphane.

Dimitri et Slava s'approchèrent de la porte et s'accroupirent dans l'ombre.

Stéphane se tourna ensuite vers Sim et Anou.

— S'ils tombent, c'est à vous de voir à ce qu'ils ne se relèvent pas.

— Compris, fit Anou.

La porte céda bientôt dans un grand craquement. Ils entendirent les Russes jurer et donner des coups de pied au passage. L'homme à la dent d'or savait-il que c'étaient leurs prisonniers qui avaient refermé la porte?

Les deux hommes se mirent à courir dans le corridor en direction des jeunes amis. Leurs pas lourds se faisaient de plus en plus distincts, et leurs ombres — qui s'étiraient dans la pénombre — se rapprochaient rapidement.

Les jeunes étaient parfaitement silencieux, sauf Sim qui sifflait un peu en respirant.

L'homme à la dent d'or et son comparse étaient de plus en plus proches…

— Allez-y! cria Stéphane.

Les armes de Dimitri et de Slava jaillirent exactement au même moment. Stéphane et ses amis entendirent un bruit sinistre de métal qui claquait et d'os qui craquaient, accompagné des cris du premier Russe. L'homme s'écroula.

— AAAAAAÏÏÏÏÏEEEEE!!!!!

Mais il fut le seul à tomber! L'homme à la dent d'or trébucha, mais se retint au mur. Il se retourna en jurant.

Anou avait déjà posé sa lance sur le cou de l'homme qui gisait au sol. Sim était juste derrière elle, agitant son arme.

Dans la pénombre, Stéphane vit l'homme à la dent d'or glisser la main derrière un pan de son manteau.

Il allait prendre son revolver !

Stéphane s'enfonça le *spangenhelm* sur le crâne et fonça, tête baissée. Droit sur l'estomac de l'homme à la dent d'or !

PAN !

Le coup de feu retentit. Le bruit, énorme et inquiétant, emplit instantanément le corridor. Il emplit aussi le crâne de Stéphane, qui sentit son casque glisser légèrement, puis frapper quelque chose de mou.

— Ooooohhh !!

C'était l'homme à la dent d'or qui venait de se faire couper le souffle en recevant la tête de Stéphane en plein dans l'estomac. Stéphane sentit les jambes de l'homme se dérober et il tomba avec lui sur le sol. Son lourd casque résonna en heurtant la pierre.

Il avait réussi !

Il se releva, chancelant. L'homme à la dent d'or eut un nouveau spasme et retomba. L'autre homme hurlait toujours, se tenant le tibia tout en essayant de se protéger des lances.

Le corridor retentit soudain d'un autre bruit assourdissant. Ce n'était pas un coup de feu, cette fois, mais une voix, amplifiée par un haut-parleur.

— *Stanna där du är ! Rör dig inte !* (« Restez où vous êtes ! Ne bougez pas ! »)

L'homme à la dent d'or leva les yeux, encore à la

recherche de son souffle. Il était absolument furieux. On entendit des chiens aboyer. Et des gens courir.

— *Ingen rör sig!* («Que personne ne bouge!») ordonna la voix dans le haut-parleur.

Il faisait maintenant presque clair. Le corridor était balayé par les faisceaux de nombreuses lampes de poche. Au dehors, des projecteurs illuminaient les murs et leur lumière pénétrait par les minuscules fenêtres.

Deux chiens policiers firent irruption dans le corridor en aboyant à qui mieux mieux, les maîtres-chiens sur les talons.

L'un des chiens sauta sur l'homme à la dent d'or et lui saisit l'avant-bras. L'homme hurla et roula sur le sol, le chien par-dessus lui.

L'autre chien plongea vers Sim, aboyant toujours et le retenant de ses pattes contre le mur de pierre.

— Je suis mort! s'écria Sim. Je suis mort!

Les policiers passèrent rapidement les menottes aux deux Russes et les remirent sur leurs pieds. Celui qui semblait être le patron boitait lourdement, et l'homme à la dent d'or cherchait encore son souffle. Lars indiqua à la police où se trouvait la cellule dans laquelle le troisième ravisseur devait se trouver encore, en train de ronfler.

L'un des policiers avait ramassé le *spangenhelm* et l'examinait attentivement. Il émit un petit sifflement admiratif et passa le casque à son supérieur, qui dit quelque chose à Lars.

Lars montra à Stéphane un creux sur le côté du casque.

— C'est la balle qui a fait ça, dit-il.

Stéphane n'en croyait pas ses yeux. Il avait arrêté un coup de feu!

Il fallut un certain temps pour démêler ce qui s'était passé exactement. D'autres policiers arrivèrent, suivis de Max et de M. Blackburn, puis des deux gardes du corps russes, encore plus soulagés que tous les autres. Ils s'élancèrent vers Slava, le saisirent par les épaules et l'embrassèrent sur les deux joues.

Sim les regardait en roulant de gros yeux.

— Je vais vomir! annonça-t-il.

Pour une fois, Stéphane eut l'impression que c'était peut-être vrai.

Sim avait été terrifié par le chien, mais quand il sut pourquoi la bête s'était ainsi lancée sur lui, il en fut ravi. Les recherches pour retrouver les jeunes étaient en effet restées infructueuses jusqu'à ce que Kling trouve la solution qui avait permis aux chiens de faire leur travail.

Kling avait suggéré de lancer les bêtes sur la piste en leur faisant flairer l'odeur des cheveux de Sim. Il leur avait fait renifler la mousse et le gel que Sim avait laissés dans la salle de bains et, en moins de quinze minutes, les chiens avaient retrouvé la fourgonnette abandonnée et s'étaient dirigés vers le vieux château.

Un cri familier retentit à l'autre bout du corridor.

— Caracajas! Caracajous!

C'était Annika. Elle avait dû se faufiler à travers le cordon de police.

Pour une fois, Sim ne répondit pas. Au contraire, il se retourna, se pencha et commença à tirer sur ses cheveux pour les redresser.

— Est-ce que quelqu'un a un peigne? chuchota-t-il.

Lars lui tendit le sien. Sim se mit à se tripoter frénétiquement les cheveux, à se les tirer, pousser et tortiller, essayant sans succès de reconstituer sa belle coiffure à pointes.

Il se tourna vers Anou, les yeux à demi fermés, les narines gonflées.

— Ma coiffure est foutue, et par ta faute à part ça! accusa-t-il.

— Mais elle nous a sauvé la vie! répondit Anou. Et deux fois, à part ça!

CHAPITRE 13

L es organisateurs avaient décidé de poursuivre le tournoi. L'homme à la dent d'or et ses complices avaient été arrêtés, et les jeunes avaient tous été examinés à l'hôpital de Malmö. L'œil de Stéphane commençait déjà à désenfler, et les poignets d'Anou avaient été pansés.

Anou et Stéphane avaient manqué le match des Carcajous contre Göteborg, mais Dimitri, Lars et Sim avaient été autorisés à jouer. Sim n'aurait d'ailleurs manqué le match pour rien au monde; c'était sa chance de poser au héros devant Annika et ses amis.

L'équipe de Göteborg avait très bien joué. Tous ses membres étaient d'excellents patineurs, et la plupart maniaient la rondelle avec adresse. Mais ils n'étaient pas très robustes, surtout comparés aux plus gros joueurs des Carcajous comme Normand, Jean-Louis et, bien sûr, Sim. Fouetté par les encouragements d'Annika, qui lançait son cri de ralliement chaque fois qu'il mettait le pied sur la patinoire, Sim avait joué comme s'il avait eu la taille d'Eric Lindros !

Dès le début de la dernière période, les Carcajous étaient largement en avance. Dimitri avait deux buts à son actif et Sim en avait marqué un, sur un tir de la ligne bleue. Il avait fait mine de ne pas entendre les acclamations d'Annika et de ses amis. Il s'était dirigé vers le centre de la patinoire, son bâton lui battant les genoux, et avait levé les yeux vers l'horloge en attendant que le but soit indiqué au tableau d'affichage. Stéphane et Anou n'avaient pas pu s'empêcher de rire.

— C'est un miracle qu'il n'ait pas enlevé son casque pour se recoiffer, fit remarquer Anou.

Il s'avéra que Sim avait marqué le but gagnant. Les Carcajous avaient maintenant à leur fiche deux victoires et une défaite, ce qui les plaçait au deuxième rang, à égalité avec deux autres équipes. Ils furent cependant proclamés deuxièmes parce qu'ils avaient marqué plus de buts que les autres. Ils retournèrent donc à Stockholm pour le match du championnat, qu'ils devaient disputer contre la meilleure équipe du tournoi : le CSKA, l'équipe de Slava Chadrine.

* * *

Stéphane, à la ligne bleue, tremblait de tous ses membres. Il n'avait jamais été aussi énervé de toute sa vie. Il allait disputer le match de championnat du Tournoi international pee-wee de la bonne entente —

un championnat international ! Jusqu'en haut de l'énorme Globen Arena, les sièges rouges étaient remplis de spectateurs. Il y en avait des milliers ! Et tous ces gens s'étaient levés pour entendre les hymnes nationaux, d'abord celui de la Russie et ensuite celui du Canada. Stéphane sentit un long frisson lui parcourir l'échine.

Il savait bien pourquoi il y avait autant de monde dans les gradins. L'histoire de leur enlèvement avait fait sensation, et pas seulement en Suède. Un hockeyeur de treize ans qui se faisait enlever par la mafia russe, ça n'arrivait pas tous les jours ! Et d'autres jeunes de douze et treize ans — des Canadiens et des Suédois — l'avaient aidé à s'évader ! Lars Johanssen faisait figure de héros en Suède. (« Ils vont peut-être mettre ma figure sur un timbre, comme Peter Forsberg ! » avait-il dit à la blague.)

Anou avait insisté pour jouer, même s'il avait fallu renouveler ses pansements juste avant le match. Visiblement, ses blessures étaient encore très douloureuses.

Mais la principale attraction de la soirée, c'était évidemment Slava Chadrine. S'il était assez bon pour se faire enlever par de sinistres individus, il devait être tout à fait spectaculaire ! Les gradins du Globen Arena étaient remplis de curieux. Il y avait même des caméras de télévision !

Sim nageait en pleine gloire. Il avait travaillé à sa coiffure la moitié de l'après-midi. Si Slava avait des milliers de paires d'yeux tournés vers lui, Sim savait qu'il y avait au moins une personne dans l'assistance qui ne regarderait que lui.

— Derrière le filet! avait crié Stéphane par-dessus les cris qui avaient commencé à résonner dès la fin des hymnes nationaux. Il était tout surpris de voir qu'Annika avait fait le trajet depuis Malmö avec quelques-uns de ses amis. Ils agitaient un immense drapeau canadien.

— Ouais, fit Sim sans s'émouvoir. Je sais.

Stéphane n'avait jamais vu Max aussi détendu avant un match de cette importance. Il souriait, ce qui était tout à fait inhabituel. Il avait décidé d'envoyer le trio d'Anou pour commencer la partie.

— Rappelez-vous que c'est un tournoi « de la bonne entente », avait-il dit. Vous êtes ici pour vous amuser. Et n'oubliez pas que vous représentez votre pays.

— Ah oui! Encore une chose, avait-il ajouté en souriant de toutes ses dents. N'essayez même pas de discuter avec cet arbitre-là!

Stéphane se retourna. L'arbitre étirait ses longues jambes de l'autre côté de la patinoire. Il faisait dos au banc des Carcajous mais, même sans voir son visage, Stéphane sut tout de suite de qui il s'agissait. Il avait vu ses cheveux, et c'était suffisant!

C'était Borje Salming!

L'arbitre siffla pour appeler les équipes à la mise au jeu. Il leva les mains pour vérifier les lumières rouges aux deux bouts de la patinoire et sourit aux deux centres, Slava Chadrine et Anou Martin. Il fit ensuite un clin d'œil à Stéphane.

Stéphane était encore en état de choc quand la rondelle atterrit sur la glace.

Anou remporta la mise au jeu avec sa petite manœuvre préférée, attrapant la rondelle au vol juste avant qu'elle touche la glace. Avant même que Stéphane ait pu s'en rendre compte, elle lui avait envoyé la rondelle, qui rebondit sur la lame de son patin. Il essaya de la ramener vers son bâton pour l'envoyer à Sim, mais il la perdit entre ses patins. L'ailier russe s'en empara et s'esquiva rapidement.

Stéphane se lança à sa poursuite, mais il avait pris beaucoup de retard. L'ailier fit une passe à un défenseur qui arrivait à la rescousse à vive allure. La rondelle alla ricocher sur la baie vitrée, juste derrière Sim, et se retrouva une seconde plus tard au bout du bâton de Slava Chadrine, qui arrivait comme une tornade.

Mais Anou veillait au grain. Pas question de laisser les Russes marquer dès le début du match, cette fois. Anou appuya son bâton sur celui de Slava et se pencha vers l'avant, faisant lâcher le disque à son adversaire avant qu'il ait eu le temps de tirer. Kling, qui se précipitait pour couvrir Sim, ramassa la rondelle et la propulsa à l'autre bout. Le juge de ligne siffla : dégagement refusé.

Anou retourna vers le banc en secouant son poignet droit. Elle demandait un remplaçant. Le trio de Normand sortit donc sur la patinoire, pendant que

Max et M. Blackburn entouraient Anou. Quand ils lui demandèrent si tout allait bien, elle se contenta de faire « oui » de la tête, les yeux fixés sur la glace. Stéphane, assis à côté d'elle, n'était pas convaincu.

Dix minutes après le début du match, le CSKA prit les Carcajous en défaut lors d'un changement de trio. Slava Chadrine ramassa la rondelle qui traînait le long de la bande, contourna facilement Paul Sheshamush et Jean-Louis Perron, et déjoua Germain Lacouture avec un tir du poignet haut placé qui ricocha sur la barre transversale.

Russie 1, Canada 0.

Max posa la main sur l'épaule d'Anou.

— Chadrine va nous massacrer si tu n'es pas là pour le suivre à la trace, dit Max. T'en sens-tu capable ?

— Oui.

— Alors, vas-y !

À son retour sur la patinoire, Slava Chadrine se rendit tout de suite compte qu'il avait maintenant une nouvelle ombre.

Les deux centres glissaient ensemble sur la glace comme deux moineaux dans un champ. Dès que Slava virait, Anou virait avec lui. Dès qu'il ramassait la rondelle ou qu'il recevait une passe, Anou le mettait en échec, posant son bâton sur le sien et appuyant de tout son poids pour l'empêcher de faire quoi que ce soit. Anou le suivait de tellement près qu'il ne pouvait que se débarrasser du disque.

Stéphane n'en revenait pas. Il n'avait jamais vu un

joueur travailler aussi fort. Anou était trempée de sueur. Et il se rendait compte, à la voir serrer les dents et secouer ses gants quand elle revenait au banc, que ses poignets lui faisaient très mal.

Sim fit un virage et s'empara de la rondelle. Stéphane le vit lever la tête pour jeter un rapide coup d'œil vers l'autre bout de la patinoire. Il savait que son ami ne cherchait pas un coéquipier à qui faire une passe. Il avait trouvé une faille dans la défensive russe.

Stéphane bifurqua à la ligne bleue et traversa la patinoire pour prendre place à l'autre aile. Dimitri comprit parfaitement où il voulait en venir et remplaça Stéphane à son aile. Stéphane était maintenant à l'aile droite, et Dimitri à la gauche, pendant que Sim montait en plein centre avec la rondelle.

Anou comprit elle aussi ce que Sim essayait de faire et donna un coup d'épaule à Slava pour l'écarter du jeu.

L'entraîneur de Slava, penché sur la bande, cria « Obstruction ! ». Mais aucun arbitre — même pas Borje Salming — n'allait punir un joueur pour ce genre de chose. Anou jouait très intelligemment.

Sim déjoua le premier défenseur russe en laissant glisser la rondelle devant lui et en agitant rapidement son bâton d'avant en arrière comme s'il cherchait à tricoter. Le défenseur tomba dans le panneau et s'élança vers la lame du bâton de Sim, tandis que la rondelle passait à côté de lui. Sim la reprit de côté et s'élança sans encombre vers le but.

Le jeu se faisait maintenant à trois contre un. Sim laissa tomber la rondelle et fonça droit sur le deuxième défenseur russe. On entendit de nouveaux cris du côté du banc des Russes. Dimitri se saisit de la rondelle libre et s'approcha du gardien. Il feignit de lancer, mais fit une passe à Stéphane, qui arrivait de l'autre côté. Facile !

Canada 1, Russie 1.

Rien ne changea ensuite jusqu'à la fin de la deuxième période. Aucune des équipes ne réussit à marquer. Slava n'arrivait pas à se défaire d'Anou, et Sim ne pouvait plus faire de montée à l'emporte-pièce. Les deux gardiens donnaient un spectacle époustouflant.

Dans le vestiaire, Stéphane se rendit compte qu'Anou souffrait beaucoup. Quand elle ôta ses gants, ses yeux s'emplirent instantanément de larmes. Ses bandages étaient roses de sang.

M. Blackburn avait fabriqué des compresses gla-cées avec des sacs de plastique. Il les appliqua avec pré-caution sur les poignets torturés d'Anou et refit soi-gneusement ses pansements.

— Tu vas pouvoir jouer ? demanda Max.

Anou fit « oui » de la tête.

— Ça va, dit-elle, un trémolo dans la voix.

On frappa à la porte. M. Blackburn alla répondre et appela Max.

— L'arbitre veut vous parler, annonça-t-il.

CHAPITRE 14

Quand les deux équipes arrivèrent sur la patinoire pour la dernière période, Max et l'entraîneur russe étaient encore en grande discussion avec Borje Salming, en compagnie de deux interprètes. Tout ce monde formait dans le corridor un groupe qui ne passait pas inaperçu. Les joueurs se demandaient ce qui se passait.

Salming et les entraîneurs se serrèrent la main. Ils souriaient tous les trois.

Sim ne put évidemment s'empêcher de poser la question que tous les autres avaient sur le bout de la langue :

— Qu'est-ce qui se passe ?

— C'est pas de tes oignons, Simard, lui répondit Max.

Anou et Slava se firent face à nouveau pour la mise au jeu. La tension était palpable. Les deux équipes étaient à égalité, à 1 contre 1, pour le championnat du monde pee-wee — autrement dit, pour la maîtrise de l'univers!

Alors, pourquoi Borje Salming avait-il l'air de retenir un sourire quand il leva sa main gantée de noir, dans laquelle se dissimulait la rondelle?

Anou et Slava se mirent en position. Stéphane était prêt à passer à l'action si Anou réussissait à immobiliser Slava.

Salming ouvrit la main et laissa tomber la rondelle…

C'était une petite rondelle!

Stéphane entendit Anou et Slava étouffer un cri de surprise. Et il entendit Sim lancer:

— Qu'est-ce que c'est que ça?

La rondelle rebondit… Et plus rien ne fut pareil.

Anou plongea instinctivement vers le petit disque noir et réussit à le pousser vers Stéphane, qui le saisit aisément sur la lame de son bâton.

C'était tellement facile! La rondelle était tellement petite, tellement légère, tellement… vivante! Oui, vivante!

C'était peut-être comparable à ce que ressentirait un jeune joueur de basket s'il pouvait saisir le ballon du bout des doigts. Ou un lanceur, au baseball, si le monticule était plus proche du marbre d'une douzaine de pas.

Stéphane maniait rapidement la solide petite rondelle, qui semblait danser au rythme de son bâton. Il savait que l'ailier russe venait vers lui, mais il savait aussi qu'il n'avait jamais aussi bien maîtrisé la rondelle.

Stéphane pivota sur lui-même, et l'ailier passa à côté de lui. Il tira d'un petit coup sec, et la rondelle se rendit jusqu'à Kling, qui l'attrapa sans peine et la passa à Sim, déjà en mouvement de l'autre côté de la patinoire.

Sim s'empara précautionneusement de la petite rondelle, comme s'il s'agissait d'un œuf qui se casserait au moindre contact. Il contourna l'ailier, puis glissa la rondelle entre les patins de Slava et s'élança au centre, la tête haute, les hanches solides, la rondelle se promenant de gauche à droite devant lui comme si elle avait été collée au bout de son bâton.

Le plus étonnant, c'est qu'il ne faisait absolument aucun bruit ! La rondelle rebondissait silencieusement sur la lame de son bâton, et la glace était tellement lisse qu'on n'entendait que le léger crissement des patins qui s'y enfonçaient à peine.

Sim lança la petite rondelle vers le coin opposé. On aurait dit qu'elle flottait doucement sur un courant d'air, comme un Frisbee par un beau jour d'été. Tout à coup, l'aréna retentit d'un claquement sec. Après avoir frappé la baie vitrée, la rondelle avait rebondi sur la glace et était allée atterrir sur le cercle de mise au jeu.

Sim et Dimitri avaient réussi un jeu parfait. Dimitri s'était élancé dès qu'il avait compris que Sim voulait tirer dans le coin. Il était tellement rapide que le défenseur adverse avait à peine eu le temps de le voir passer. Il était déjà rendu au cercle quand la rondelle toucha la glace.

Il était tout à fait seul. Il fit une feinte de l'épaule et tira du revers. La petite rondelle heurta la barre transversale et alla se nicher tout au fond du filet.

Canada 2, Russie 1.

— Est-ce que c'est légal? demanda Sim après avoir rejoint le banc et dûment congratulé ses coéquipiers.

— On est ici pour s'amuser, lui rappela Max. Tu te souviens?

— Ouais, mais… est-ce que ça compte même si on joue avec la petite rondelle?

— Est-ce qu'elle est entrée dans le but?

— Oui, mais…

— Alors, ça compte, Simard. T'en fais pas.

Stéphane leva les yeux vers Max. Il n'en revenait pas! Max riait, à la dernière période d'un match de championnat, alors que les Carcajous ne menaient que par un but! Stéphane ne l'avait jamais vu aussi calme, aussi détendu. Tout cela à cause d'une petite rondelle…

Borje Salming procéda à une nouvelle mise au jeu, encore une fois avec la petite rondelle d'entraînement. Il semblait vouloir terminer le match de cette façon. «Et pourquoi pas?» se dit Stéphane. Le jeu était soudain tellement plus excitant…

Les Russes égalisèrent sur un long tir de la ligne bleue. Le coup était parti tellement vite que Stéphane, assis sur le banc, n'avait même pas réussi à suivre la rondelle des yeux. Germain Lacouture leva son gant, mais trop tard.

Russie 2, Canada 2.

Max tapa sur l'épaule d'Anou lorsque le trio de Slava ressortit sur la glace. Anou sauta immédiatement par-dessus la bande, suivie de Dimitri et de Stéphane.

La mise au jeu avait lieu dans la zone des Carcajous, à droite de Germain. Anou voulait que tout le monde soit parfaitement bien placé. Pendant qu'elle faisait des signes à Sim, Germain patina rapidement jusqu'à Stéphane.

— C'est pas juste! cria-t-il.

Stéphane leva les yeux. Germain était au désespoir. Il avait le visage tout rouge et suait à grosses gouttes.

— Comment ça? demanda Stéphane.

— Je ne peux pas arrêter une rondelle que je ne vois même pas! Vous devriez être obligés de vous servir de bâtons miniatures et de porter des patins trop petits pour vous!

Stéphane sourit à cette idée.

— Ouais, ça serait drôle!

Le juge de ligne siffla aussitôt et désigna le filet. Germain retourna à son poste. Stéphane baissa les yeux vers la glace en riant. Il avait hâte de remettre la main — ou plutôt le bâton — sur la petite rondelle. Mais il se rendait compte que ce n'était pas la même chose pour tout le monde. Le gardien russe était probablement du même avis que Germain. Il aurait sans doute préféré lui aussi des rondelles grosses comme des pizzas!

La rondelle fila jusqu'à la ligne bleue. L'un des défenseurs russes la saisit dans son gant avant de la laisser tomber pour décocher un tir frappé. Stéphane était le Carcajou le plus proche. Il savait ce qu'il avait à faire. Il plongea de côté. Le tir l'atteignit en plein sur le pantalon.

Comparativement au danger qu'il avait affronté cette semaine, c'était bien peu de chose de bloquer une pauvre petite rondelle…

Les deux équipes se poursuivirent d'une zone à l'autre pendant la majeure partie de la période. Aucune n'arrivait à pénétrer la défense adverse. La rondelle miniature avait vraiment un drôle d'effet sur le jeu. Les avants étaient nettement stimulés; ils se montraient plus acharnés et plus pressés, ce qui provoquait de nombreuses interruptions. Les défenseurs étaient plus concentrés, plus conscients de la puissance des tirs, et jouaient donc de façon plus responsable, cherchant toujours à retenir les joueurs adverses sur la bande ou à bloquer les tirs de la ligne bleue. Et les gardiens semblaient eux aussi plus alertes, plus préoccupés, plus inquiets à l'idée de laisser passer un tir faible et d'être responsables de la défaite de leur équipe.

Stéphane supposa qu'il retournerait sur la glace une fois encore avant la fin du match. Que se passerait-il si la marque demeurait égale? Y aurait-il une prolongation? Une fusillade?

La mise au jeu eut lieu à la gauche de Germain. Anou s'empara de la rondelle avant Slava et la passa par l'arrière à Sim, qui se précipita immédiatement derrière le but, Slava à ses trousses. Sim tenta une petite manœuvre dangereuse qu'il avait essayée à l'entraînement : il fit une passe arrière le long de la bande, juste comme son couvreur arrivait, et attrapa le rebond tandis que le couvreur le dépassait. La manœuvre fonctionna parfaitement! Sim feinta à droite et s'élança vers la gauche, prenant rapidement de la vitesse.

Stéphane entendit le cri derrière la baie vitrée :

— CARACAJAS! CARACAJOUS!

Sim fit semblant de passer à Dimitri, mais décocha plutôt un tir du revers en direction d'Anou, qui montait au centre. Elle transporta la rondelle jusque dans la zone russe et la laissa à Dimitri, qui essaya d'atteindre Stéphane sur sa gauche. Mais le défenseur avança son patin et fit rebondir la petite rondelle sur la bande. Slava Chadrine, qui se repliait à toute vitesse, la ramassa et pivota sur lui-même. Mais il n'avait pas vu Sim glisser vers lui pour appuyer l'offensive et intercepter la passe qu'il s'apprêtait à faire.

C'était risqué, mais tout se passa comme prévu. La rondelle frappa la jambière de Sim, alla rebondir sur la bande et fila vers le coin de la patinoire, où Anou l'attendait. Elle la renvoya à Dimitri derrière le filet. Dimitri pivota et la passa du revers à Stéphane, qui cherchait à se faufiler entre les deux défenseurs pour se poster devant le filet.

Stéphane arriva juste à temps pour recevoir la rondelle sur le bout de son bâton. Elle était tellement petite, tellement légère, qu'elle ne bougea pas. Il était en équilibre instable, mais il réussit à décocher un petit coup vers le filet avant de s'écrouler.

La minuscule rondelle s'envola comme si Stéphane avait frappé le coup le plus puissant de toute sa vie. Le gardien avança son gant, mais trop tard. La rondelle alla heurter le dessus du filet et fit exploser la bouteille d'eau du gardien. L'eau gicla à une hauteur impressionnante.

Stéphane sut qu'il avait marqué avant même que la rondelle ne retombe sur la glace. Il n'en revenait pas! Lui, Stéphane Tremblay, venait de marquer le but gagnant contre la Russie à moins d'une minute de la fin du match! Exactement comme Paul Henderson en 1972!

Étendu sur la glace dure, il reçut sur lui ses coéquipiers qui s'empilaient en hurlant à pleins poumons. La masse de plus en plus lourde de leurs corps, de leurs bâtons et de leurs casques glissa vers le coin de la patinoire. Le dernier à s'y ajouter fut Germain Lacouture, jubilant, qui avait parcouru toute la patinoire pour se joindre à la célébration.

— Stéphane! criaient les joueurs.
— C'est beau, Stéphane!
— On a gagné!
— On a gagné!
— On a gagné!

Chapitre 15

Il restait 34 secondes avant la fin du match, exactement comme en 1972 quand Paul Henderson avait marqué le but qui avait donné la victoire au Canada contre l'Union soviétique. Des spectateurs chantaient dans les gradins. On voyait flotter des drapeaux suédois et des drapeaux canadiens, et tout le monde était debout pour le compte à rebours final. Stéphane aperçut Annika, le visage collé à la baie vitrée derrière le filet du Canada, qui envoyait à Sim un baiser du bout des doigts. Sim faisait semblant qu'il ne l'avait pas vue ; il était penché, le bâton en travers des genoux, et jouait avec ses lacets. Mais Stéphane le voyait jeter un coup d'œil de temps en temps en direction de sa spectatrice préférée pour voir ce qui se passait derrière la baie vitrée.

Pour les dernières secondes, Max voulait envoyer sur la glace le trio de Normand, le plus fort défensivement. Il avait aussi désigné Sim et Lars, les deux plus puissants défenseurs des Carcajous.

Stéphane était appuyé sur la bande, les mains pendantes, et surveillait le jeu. Il avait encore le cœur battant. Il était le héros de la fête, le héros du Canada, et il n'en revenait pas encore. Il regarda vers le cercle de mise au jeu, où Borje Salming s'apprêtait à laisser tomber la rondelle.

La petite rondelle avait à peine touché la glace que, déjà, le centre russe s'élançait vers son banc. Slava enjamba la bande et sauta sur la patinoire. Il n'était pas sitôt sorti qu'on le vit franchir la ligne bleue comme un bolide. Max n'eut même pas le temps d'envoyer Anou en renfort.

Lars était un excellent patineur, le meilleur de l'équipe quand il s'agissait de glisser à reculons ou de côté, mais il n'était pas de taille face à un adversaire aussi rapide.

Slava saisit la rondelle et contourna habilement Lars. En arrivant devant Germain, il coupa devant le filet. Germain se jeta en avant pour intercepter la rondelle du bout de son bâton, mais Slava la laissa d'abord glisser entre ses patins, puis la renvoya vers l'avant d'un coup de pied, juste au moment où le bâton de Germain heurtait ses jambières. D'un rapide tir du revers, il expédia la rondelle dans le coin opposé du filet.

Égalité !

— Je ne peux pas y aller.

Stéphane ne dit rien. Comme tous les autres, il écoutait Anou Martin expliquer à Max pourquoi elle ne pouvait pas lancer le premier tir de fusillade. Les deux équipes avaient joué dix minutes de prolongation sans marquer ni l'une ni l'autre. Et c'était surtout grâce à Anou, qui avait serré Slava Chadrine de tellement près qu'il n'avait même pas eu une seule bonne occasion de tirer au but.

Mais Anou en payait le prix. Elle avait enlevé ses gants. M. Blackburn avait enveloppé ses poignets dans des serviettes, déjà imbibées de sang. Anou pleurait. Et si Anou pleurait, c'est qu'elle avait vraiment très mal.

— Stéphane, dit Max. C'est toi qui commences.

Stéphane était ravi… et en même temps terrifié! Il allait être le premier à tirer pour le Canada. Et il savait parfaitement qui allait tirer pour la Russie…

Il prit une grande respiration et regarda de l'autre côté de la patinoire. Slava était déjà sorti; il patinait en rond, les yeux fixés sur la glace, concentré. Stéphane se demanda ce que l'immense foule devait penser de lui, Stéphane Tremblay, le maigre et malhabile Carcajou, qui allait se mesurer à Slava Chadrine, le meilleur joueur de hockey pee-wee au monde.

Borje Salming était en discussion avec les deux gardiens. Germain semblait agité, et le gardien russe aussi. Borje Salming approuvait de la tête. Il se dirigea vers le banc de l'équipe russe, dit quelques mots à l'entraîneur et vint ensuite parler à Max.

— Les gardiens veulent revenir aux rondelles réglementaires pour la fusillade, expliqua-t-il. Ce n'est que juste.

— Pas de problème, fit Max, qui, de toute évidence, voulait donner toutes les chances possibles à Germain.

Les deux équipes devaient tirer à tour de rôle, à commencer par Stéphane et Slava, qui seraient suivis de quatre autres joueurs de chaque côté. Si les équipes étaient encore à égalité après leurs cinq tirs respectifs, il y aurait un tir d'élimination. La première équipe à prendre les devants remporterait la victoire. Les joueurs tireraient dans le même ordre qu'au premier tour, à commencer encore une fois par Stéphane Tremblay pour le Canada et Slava Chadrine pour la Russie.

Slava s'exécuta le premier. Il s'élança sur la glace tellement vite que Germain eut du mal à le suivre. Il attira le gardien vers lui en feintant à gauche, puis à droite, puis à gauche encore, et termina sa manœuvre en logeant doucement la rondelle du côté où le pauvre Germain ne se trouvait plus. Le but avait paru tellement facile que Germain donna un coup de bâton contre la barre transversale. Il était dépité, mais tous les Carcajous savaient qu'il n'aurait pas pu faire mieux. Slava avait marqué un but parfait.

Borje Salming remit la rondelle au centre de la patinoire et siffla pour signaler à Stéphane qu'il pouvait y aller.

Stéphane avait l'impression de jouer à cache-cache avec la rondelle. Quand il l'atteignit, elle lui parut grosse comme une roue de charrette, et bien plus lourde que lui. Il avait les jambes molles et ne sentait plus ses bras. On aurait dit qu'il avait à nouveau le lourd *spangenhelm* sur la tête, le cou ployant sous son poids. Il s'approcha lentement de la ligne bleue, évitant même de tricoter avec l'énorme rondelle, de peur de la laisser échapper et de la devancer.

Devait-il feinter ? Tirer ? Il n'en avait aucune idée et n'avait pas le temps d'y penser. Il fut rendu en un instant au bord du filet et essaya de tirer du revers, mais les jambières du gardien formaient une masse compacte, soudée au poteau du but.

La rondelle roula doucement à côté du filet.

Sur le banc des Russes, ce fut le délire. La moitié de la foule criait de joie, sifflait et chantait. Stéphane retourna à son banc, tête basse. Personne ne le regarda.

Les joueurs choisis pour le second tour échouèrent tous les deux, et ceux du troisième également.

Lorsque le quatrième joueur russe eut manqué son coup lui aussi, Max désigna Lars Johanssen pour le Canada. Lars ? Un défenseur ? C'était une décision étonnante… mais Stéphane comprenait. Les Carcajous ne pouvaient pas faire appel à Anou, leur meilleur joueur. Et Dimitri venait de lancer et de rater le coin supérieur du filet. Lars avait plusieurs tours dans son sac. Et il était chez lui, devant sa famille.

Il s'avança lentement sur la patinoire, presque aussi détendu que s'il avait été assis confortablement sur une chaise. Il ne semblait pas avoir peur de manier la grosse rondelle. Il ralentit encore un peu, parut presque s'arrêter, puis accéléra rapidement, surprenant le gardien. Le gardien se déplaça avec lui, mais Lars tira du revers d'une seule main. La rondelle pénétra facilement dans le but.

Égalité, encore une fois !

Le banc de l'équipe canadienne se vida ; tous les joueurs vinrent s'empiler sur Lars. Stéphane fut l'un des premiers à l'atteindre, et ils s'écroulèrent ensemble sous une pile de corps.

— Bravo, Lars ! cria Stéphane.

— J'ai essayé le truc de Peter Forsberg ! répondit Lars, en extase.

Germain bloqua le cinquième tir russe grâce à un magnifique arrêt de style papillon. Il ne restait donc plus qu'une chance à l'équipe canadienne dans la première ronde de la fusillade. Mais à qui confier cette responsabilité ?

— Simard, fit Max.

Sim recula d'abord jusqu'au filet du Canada pour aller donner un petit coup de bâton sur les jambières de Germain. Puis il enleva son casque et patina jusqu'à la baie vitrée, s'y appuya et y laissa la trace bien visible d'un baiser pour Annika. La foule éclata de rire et se mit à applaudir.

Sim s'élança ensuite vers le centre de la patinoire et s'empara de la rondelle. Quand il atteignit la ligne bleue des Russes, tout le monde pensa qu'il allait feinter. Mais il prit plutôt son élan et décocha soudainement le tir frappé le plus puissant que Stéphane ait vu de sa vie. L'élan avait été tellement fort que Sim perdit l'équilibre et tomba à la renverse sur la glace.

La rondelle frappa le gant du gardien, mais — on aurait dit une petite souris affairée — elle dégringola aussitôt par terre et poursuivit sa route jusqu'au fond du filet.

Sim, toujours étendu sur le dos, glissa jusqu'au gardien et l'entraîna avec lui dans le but juste après la rondelle. Ce fut le délire.

Borje Salming avait porté son sifflet à la bouche, et on voyait ses joues se gonfler et se dégonfler en alternance, mais Stéphane n'entendait absolument rien. Il voyait toutefois la main de Salming… et cette main pointait vers le filet.

Le but était accordé !

Le Canada avait gagné !

CHAPITRE 16

S'il y avait eu des statistiques sur ce genre de chose, l'empilement de joueurs qui marqua la fin du match serait certainement passé à l'histoire comme un record de tous les temps. À la seconde même où la lumière rouge s'allumait, les Carcajous se déversèrent sur la glace comme des menés remis à l'eau au bout d'un quai.

Stéphane avait l'impression d'avoir quitté la surface de la glace à la ligne bleue et de ne l'avoir retrouvée qu'à la ligne du but. Il avait perdu son bâton, ses gants et son casque en se précipitant sur le plus grand héros canadien du moment : Jean-Yves Simard !

— Hé ! cria le grand héros lorsque le premier Carcajou l'atteignit. Touchez pas à mes cheveux !

Personne ne prêta la moindre attention à ses protestations. Dimitri repoussa le casque de Sim, Lars le prit dans ses bras, et Anou — tout en essayant de protéger ses poignets sanguinolents — s'effondra sur lui en riant aux éclats.

— Mes cheveux ! Mes cheveux ! gémit Sim.

Même Max vint s'ajouter à l'amoncellement de joueurs. Les Carcajous avaient pourtant participé à des dizaines de tournois, mais Stéphane n'avait jamais vu Max aussi démonstratif. Il se contentait généralement de sourire, d'approuver de la tête, et parfois de serrer la main des joueurs à leur sortie de la patinoire. Mais il était venu s'ajouter à la pile formée par ses joueurs et cherchait à atteindre Sim tout au fond, le visage fendu d'un large sourire silencieux.

Max trouva enfin ce qu'il cherchait : les cheveux de Sim. Il immobilisa son défenseur sous son bras solide, puis se mit à frotter les jointures de sa main libre sur le chef-d'œuvre de sa coiffure.

— Pas mes cheveux, s'il vous plaît ! Lâchez-moi !

Stéphane voyait le visage de Sim à travers la masse des corps : il était rouge comme un homard ! Il savait bien que la dernière chose que Sim voulait, c'était qu'on le lâche. Il était le héros de l'heure — et il comptait en profiter au maximum.

Stéphane sentit quelqu'un bouger sous lui, qui essayait de se dégager. Il crut d'abord que c'était Anou qui cherchait à se protéger les poignets mais, en se retournant, il se rendit compte que c'était le petit gardien russe, encore emprisonné sous la pile de Carcajous.

Le gardien pleurait. Stéphane pouvait voir à travers son masque qu'il avait les yeux rouges, humides et gonflés. Il avait dû trouver la scène horrible ; non seulement il avait accordé le but qui avait fait perdre le tournoi à son équipe, mais il avait dû assister aux manifestations de joie des vainqueurs.

Les Carcajous se passaient Sim de l'un à l'autre pour le serrer dans leurs bras, décoiffer ses cheveux gras, et lui taper dans le dos et sur les épaules. Puis, l'amas de jambes, de bras et de têtes se dispersa enfin, et les Carcajous commencèrent à ramasser leurs gants, leurs bâtons et leurs casques pour la cérémonie qui devait marquer la fin du tournoi.

Le bâton de Dimitri était posé sur le gant de Stéphane. En se penchant, Stéphane demanda rapidement à son coéquipier :

— Comment est-ce qu'on dit « Beau match ! » ?

Dimitri leva des yeux étonnés.

— « Beau match ! » Pourquoi ?

— Non, en russe, voyons !

— Oh ! Essaie donc « *Haracho sigral* ».

— *Ha-ra-sso…*

Dimitri secoua la tête en riant.

— *Haracho sigral*, répéta-t-il lentement.

— *Haracho sigral*.

— C'est ça !

Les joueurs des deux équipes se mirent en file pour se serrer la main. Germain venait en tête et Stéphane fermait la marche, suivi de Max. Les Russes se montrèrent très bons perdants. Certains d'entre eux souriaient. Arrivé à la hauteur du gardien qui pleurait un instant plus tôt, Stéphane lui saisit l'épaule plutôt que la main pour le forcer à s'arrêter.

— *Haracho sigral!* dit-il.

Le gardien s'arrêta, surpris. Il avait encore les yeux rouges. Puis il eut un sourire.

Stéphane arriva ensuite face à Slava, qui lui tapa sur l'épaule en souriant.

— *Haracho sigral!* fit Stéphane.

Slava le regarda et éclata de rire.

— Merci! dit-il en français. Toi aussi!

Slava s'approcha d'Anou, qui ne pouvait pas donner la main à cause de ses poignets douloureux. Il lui sourit, puis soudain — à la grande surprise d'Anou —, il la saisit à bras-le-corps et la souleva dans les airs. Les autres joueurs russes frappèrent la glace de leurs bâtons pour l'acclamer. Mieux que quiconque, peut-être, ils savaient à quel point Anou avait travaillé fort pour couvrir Slava.

Certains des spectateurs étaient descendus sur la patinoire. Annika et ses amis suédois arrivèrent en courant pour féliciter les Carcajous et se réjouir avec eux. Annika sauta au cou de Sim. Sim la serra dans ses bras, mais Stéphane constata qu'ils ne s'embrassaient pas. De toute évidence, Sim se sentait plus en sécurité avec un centimètre de plexiglas entre Annika et lui.

Les organisateurs du tournoi avaient déroulé le tapis rouge pour la cérémonie de clôture.

Borje Salming était suivi de deux jeunes femmes qui portaient les médailles sur des coussins de velours.

Salming passa une médaille au cou de chacun des

Carcajous et leur serra la main l'un après l'autre. Comme Anou avait encore très mal aux poignets, il se pencha vers elle et lui donna un léger baiser sur la joue, au grand plaisir de la foule.

Quand vint le tour de Stéphane, Salming lui sourit en lui passant la médaille autour du cou.

— Bien joué! fit-il en lui serrant la main.

Stéphane était bouche bée.

Sim était à côté de Stéphane. Salming lui remit sa médaille, secoua la tête en souriant et lui donna une petite tape sur l'épaule.

— Excellent défenseur! dit-il. Exactement comme moi.

Sim, évidemment, avait toujours quelque chose à dire.

— On a la même coiffure, fit-il.

Borje Salming regarda Sim comme s'il venait de tomber de la lune. Sim se contenta de sourire.

— Ben quoi? dit Sim, quand Salming fut un peu plus loin. Il fallait bien que je dise quelque chose, non?

Les Russes reçurent leurs médailles d'argent et l'équipe du Djurgårdens, ses médailles de bronze. On annonça ensuite les noms des joueurs les plus utiles de chaque équipe. Slava Chadrine fut désigné pour le CSKA, et la foule éclata en un tonnerre d'applaudissements quand M. Johanssen en fit l'annonce. La délégation russe s'avança ensuite sur le tapis rouge pour dévoiler le nom du joueur le plus utile de l'équipe canadienne.

— Jean-Yves Simard !

Sim était éberlué. Il laissa tomber son bâton et ses gants, fit quelques pas, puis s'arrêta soudainement devant Anou.

— Ça aurait dû être toi, lui dit-il.

— C'est toi qui as marqué le but gagnant, répondit-elle en souriant gentiment.

— Mais c'est toi qui nous as gardés dans le match jusqu'à la fusillade, fit Sim en lui rendant son sourire.

Le chef de la délégation russe lui tendit un paquet bien enveloppé. Sim le prit et lui tendit la main. Mais l'homme secoua la tête. Plutôt que de prendre la main de Sim et de la serrer, il se pencha vers lui et lui donna un baiser sur la joue. Il visa ensuite l'autre joue, mais n'attrapa qu'un courant d'air. Sim avait reculé vivement, l'air complètement outragé.

Le Russe se mit à rire en secouant la tête.

Sim s'arrêta de nouveau en passant devant Anou. Il lui remit son prix.

— J'aurais bien aimé que tu le remportes dès le départ, dit-il en essayant de s'essuyer la joue avec la manche de son chandail des Carcajous.

Nouveau tonnerre d'applaudissements.

Derrière Stéphane, on entendit Annika crier.

— CARACAJAS ! CARACAJOUS !

Les spectateurs se levèrent par milliers. À l'autre bout de la patinoire, le drapeau rouge et blanc du Canada entreprit sa longue ascension vers le sommet du stade.

Stéphane avait à peine eu conscience que l'hymne national avait commencé, mais la musique du *Ô Canada* emplit bientôt le stade. Le cœur lui battait à grands coups. Derrière les flonflons de la musique, il entendait des gens chanter en chœur. Les parents canadiens… suivis de Suédois de plus en plus nombreux.

C'était la plus belle musique qu'il eût entendue de sa vie.

Il distingua ensuite un autre son derrière lui : un grondement sourd, qui allait en s'amplifiant.

Il se tourna légèrement vers la gauche. C'était Sim, qui faussait allégrement, les yeux fixés sur le drapeau.

Sim sanglotait. De grosses larmes brillantes laissaient leur trace humide sur ses joues et constellaient son chandail de petites taches sombres. Il pleurait et chantait en même temps, sans une seule note juste — mais il s'en fichait éperdument.

FIN

MISE EN PAGES ET TYPOGRAPHIE :
LES ÉDITIONS DU BORÉAL

CE TROISIÈME TIRAGE A ÉTÉ ACHEVÉ D'IMPRIMER EN AVRIL 2008
SUR LES PRESSES DE L'IMPRIMERIE GAUVIN
À GATINEAU (QUÉBEC).